KB001679

대놓고 다정하진 않지만

카렐 차페크의 세상 어디에도 없는 영국 여행기

흄세 에세이 005

대놓고 다정하진 않지만

Anglické listy

카렐 차페크 | 박아람 옮김

차례

일러두기

1. 번역 대본으로는 Karel Čapek, *Letters from England*(Doubleday, Page&Company, 1925)를 사용했다.
2. 주석은 모두 옮긴이 주다.

잉글랜드

첫인상

"처음부터 시작해야죠." 예전에 거장 숄리아크•는 제게 이렇게 조언했습니다. 하지만 이 바빌론 같은 섬에 온 지 벌써 열흘이 지났으니 처음부터 시작하기는 글렀습니다. 그럼 어디서부터 시작할까요? 베이컨 구이나 웸블리 박람회? 조지 버나드 쇼? 런던 경찰? 시작이 너무 두서없지만 런던 경찰의 채용 기준은 잘생긴 외모와 건장한 체격이 틀림없습니다. 그들은 신과 같은 모습이거든요. 키는 보통 남자보다 머리 하나만큼 더 크고 힘도 아주 세답니다. 피커딜리에서 키가 2미터쯤 되는 경찰관 한 명이 팔을 올리면 모든 차량이 멈춰 서고 하늘을 돌던 토성

• 카렐 차페크가 파리에서 만나 거장으로 숭배한 프랑스의 가난한 예술가 레옹 숄리아크(1913~1977).

과 천왕성까지도 그 자리에 서서 그가 손을 내릴 때까지 기다린다니까요. 그렇게 초인적인 존재는 어디서도 본 적이 없습니다.

외국을 여행하다가 글이나 그림에서 수십 번 읽거나 본 것을 발견할 때만큼 신기한 경험이 또 있을까요? 밀라노에서 밀라노 대성당을 보았을 때나 로마에서 콜로세움을 보았을 때에도 무척 경이로웠습니다. 그럴 때면 언젠가 한번 가보았거나 경험한 것 같아서 조금 오싹한 기분이 들기도 하고요. 아마도 꿈속에서 경험했을 테지만요. 네덜란드에 실제로 풍차와 운하가 있는 것을 두 눈으로 확인하거나 런던의 스트랜드•가 듣던 대로 아찔하리만치 사람들로 북적이는 것을 목격하면 말문이 막힙니다.

이처럼 압도적인 느낌에 휩싸이는 경우는 대개 두 가지입니다. 전혀 예상치 못한 무언가를 발견할 때, 그리고 아주 익숙한 무언가를 발견할 때죠. 생각지도 못한 곳에서 예전에 알고 지내던 사람을 만나면 놀라움을 표하곤 하잖아요. 제가 템스 강변에 있는 국회의사당이나 회색

• 트래펄가 광장에서부터 템플 바까지 약 1.2킬로미터에 걸친 런던 중심지의 거리.

실크해트[•]를 쓰고 돌아다니는 신사들, 교차로에 서 있는 2미터 장신의 경찰관을 보고 놀란 것도 이런 경우에 속합니다. 영국이 정말 영국스럽다는 것을 발견하고 놀란 셈이죠.

그래도 처음부터 시작하기 위해 영국해협에서 영국 해안이 가까워질 때 보았던 풍경을 그려보았습니다. 하얀

부분은 절벽이고 그 위에는 잔디가 펼쳐져 있는 광경입니다. 바위 위에 서서도 이 정도면 충분히 탄탄하다고 말할 수 있겠지만 솔직히 저는 대륙을 밟고 있을 때 더 안정감이 들기는 하네요.

• 높은 원통 모양에 평평하고 단단한 테두리가 달린 남자용 정장 모자.

제가 배에서 내린 항구도시 포크스턴도 그려보았습니다. 황혼에 물든 포크스턴은 총안을 내서 들쭉날쭉한 성벽처럼 보였는데 나중에 보니 그냥 굴뚝이더군요.

영국 땅에 발을 내딛는 순간 제가 영어를 하거나 알아들을 수 없다는 사실을 깨닫고 얼마나 놀랐는지 모릅니다. 그래서 얼른 가까운 기차 안으로 숨었죠. 다행히 그 기차는 런던행이었답니다. 기차를 타고 가는 동안 제가 잉글랜드라고 생각했던 곳이 사실은 초원과 목초지, 아름다운 나무, 오래된 오솔길, 여기저기서 풀을 뜯는 양들이 가득한 하나의 거대한 잉글랜드 공원이라는 것을 깨달았습니다. 하이드 파크처럼 그저 보여주기 위해 꾸며놓은 곳 같았죠. 네덜란드에서는 하늘을 등지고 허리를 굽힌 채로 흙을 만지고 있는 사람이 많이 보였거든요. 잉글랜드에서는 나지막한 붉은색 단층 주택들만 보이고 이따금 여자아이가 산울타리 너머로 손을 흔들거나 누군가가 자전거를 타고 지나갈 뿐이었습니다. 우리나라 사람은 땅이 있는 곳이라면 어디서든 거름을 주는 광경에 익숙한데 말이죠.

마침내 기차 옆으로 기이한 집들이 나타났습니다. 똑같은 집이 수십 채 이어지다가 다시 똑같은 거리가 되풀이되었죠. 하나의 골목이 마구 증식하는 것처럼 말예요. 쏜살같이 달리는 기차 옆으로 끔찍한 저주에 걸린 듯한 동네가 지나갑니다. 어떤 피치 못할 사정 때문인지 집집마다 문 옆에 기둥이 두 개씩 있더라니까요. 그다음에는 어떤 마법에 걸렸는지 철제 발코니가 줄줄이 이어진 동네가 나오고요. 그러고 나자 회색 벽돌의 저주에 영원히 사로잡힌 동네가 나타납니다. 그다음 거리는 거부할 수 없는 우울한 운명의 장난으로 모든 집이 파란 베란다를 갖게 된 모양입니다. 다음으로 알 수 없는 잘못 때문에 모든 집이 계단을 다섯 개씩 갖춰야 하는 병에 걸린 촌락이 나타나고요. 계단이 세 개만 있는 집이 한 채라도 보인다면 마음이 조금 놓일 텐데, 어째서인지 그럴 수 없는 모양입니다. 그다음 거리는 온통 붉은색입니다.

그렇게 한참 가다가 기차에서 내린 저는 선량한 체코 출신의 천사를 만나 그에게 몸을 맡긴 채 왼쪽으로 갔다가 오른쪽으로 갔다가 오르락내리락하며 부지런히 따라 갑니다. 정말 지독한 여정이었죠. 그런 뒤엔 다시 기차에 실려 서비턴에서 내렸고 동행의 격려를 받으며 음식을 먹고 푹신한 침대로 안내되었습니다. 어둡고 아늑한 침실에서 오만 가지가 등장하는 꿈을 꾸었답니다. 선박도 나오고 프라하도 나오고 다른 이상한 것도 나왔는데 그게 무엇인지는 생각나지 않네요.

그래도 똑같은 꿈을 쉰 번쯤 꾸지 않아서 얼마나 감사한지 모릅니다. 다행히 꿈은 런던의 거리들처럼 대량으로 찍어내는 게 아닌가봅니다.

잉글랜드 공원

잉글랜드에서 가장 아름다운 것은 나무가 아닐까 합니다. 초원도 아름답고 경찰관도 아름답지만 그중에서도 으뜸은 등이 떡 벌어지고 풍성하며 자유로울 뿐 아니라 품위 있고 커다란, 오래된 나무들입니다. 햄프턴 궁전•과 리치먼드 파크,•• 윈저, 그 밖에 제가 모르는 곳에도 이런 나무들이 있겠죠. 어쩌면 이 나무들이 토리당의 이념에 토대한 영국 전통주의에 큰 영향을 미치는지도 모르겠습니다. 영국의 귀족주의와 역사주의, 보수주의,

• 1515년 추기경 울지의 저택으로 지어졌다가 후에 헨리 8세에게 헌상된 궁전으로, 리치먼드 파크와 함께 런던 남서부 교외의 템스 강변에 있으며 광활한 부속 정원과 함께 대중에게 공개되어 있다.

•• 영국에서 가장 넓은 도심 공원이자 왕립 공원으로, 수백 마리의 사슴을 비롯해 다양한 식생이 서식하는 것으로 유명하다.

보호주의, 골프, 상원 제도•를 비롯해 오래되고 독특한 것들을 지탱하는 원동력이 바로 이 오래된 나무들이 아닐까 생각합니다. 철제 발코니가 줄줄이 이어져 있거나 회색 벽돌집이 가득한 동네에 살면 열성 노동당 지지자가 되기 쉽지만, 햄프턴 궁전 정원의 참나무 아래 앉아 있으면 오래된 것들의 가치와 오래된 나무들의 고귀한 사명, 전통에서 조화롭게 뻗어 나온 가지들, 긴 세월을 버텼음에도 힘을 잃지 않을 만큼 강인한 모든 것을 존경

• 영국의 상원은 유권자들이 선출하는 하원과 달리 세습 귀족과 종신 귀족, 성직 귀족으로 구성되어 '귀족원'이라고도 하며 하원에 비해 의회에서의 영향력이 크지 않다.

하고 인정하고픈 위험한 마음이 들거든요.

잉글랜드에는 이처럼 오래된 나무가 아주 많은 것 같습니다. 신사들이 드나드는 사교 클럽이나 문학작품, 심지어 가정에서 볼 수 있는 거의 모든 것에도 수목과 오래된 이파리의 느낌, 아주 단단하고 거룩한 나무의 느낌이 배어 있답니다. 오히려 이곳에서는 눈에 띄게 새로운 것을 찾아보기 어렵죠. 기껏해야 지하철일 텐데, 아마도 그래서 지하철이 그렇게 보기 흉한 모양입니다. 오래된 나무와 오래된 사물에는 요정이, 별나고 익살스러운 정령이 깃들어 있습니다. 영국 사람들에게도 이런 요정이 깃들어 있답니다. 그들은 대단히 진지하고 무뚝뚝하며 근엄하다가도 갑자기 웃음을 터트리며 기괴한 말과 악동 같은 유머를 뿜어내고는 언제 그랬냐는 듯 다시 오래된 가죽 의자처럼 진지한 얼굴이 되거든요. 아마 영국인들도 오래된 목재로 만들어진 모양입니다.

어째서인지 이렇게 진지한 영국이 제게는 지금껏 가본 나라들을 통틀어 가장 우화적이고 낭만적인 나라처럼 느껴집니다. 오래된 나무들 때문이 아닐까 싶습니다. 어쩌면 잔디밭 때문일지도 모르고요. 이곳 사람들은 길이 아닌 초원을 밟고 다니거든요. 우리나라나 다른 나라 사람들은 포장된 길과 오솔길 말고는 감히 아무 데도 밟지 못하죠. 틀림없이 이러한 차이가 우리의 정신에 큰 영향을 미칠 겁니다. 저는 햄프턴 궁전 정원에서 잔디밭을 거니는 신사를 처음 봤을 때 실크해트를 썼는데도 동화 속 주인공이라고 생각했답니다. 금방이라도 수사슴을 타고 킹스턴으로 달려가거나 춤을 출 것만 같았죠. 그게 아니라면 관리인이 쫓아와 호되게 꾸짖을 거라고 생각했어요. 그런데 아무 일도 없지 뭐예요. 그래서 저도 용기 내 이 편지의 앞에 등장한 아름다운 목초지의 참나무까지 초원 위를 걸어갔습니다. 역시 아무 일도 없더군요. 그저 난생처음 무한한 해방감을 느꼈을 뿐입니다. 정말 신기하게도 이곳에서는 인간이 해로운 동물로 간주되지 않는 모양이에요. 인간의 발굽이 닿으면 풀이 자라지 않는다는 우울한 이론이 이곳에서는 통하지 않습니다. 여기서는 인간이 물의 요정이나 영주처럼 초원을 걸어 다니는 특권을 누립니다. 저는 이런 상황이 이곳 사람들의 자연관과 세계관에 두드러진 영향을 미친다고 생각한답니다. 길이 나 있지 않더라도 어디든 갈 수 있으며 그런다고 해서 자신을 해로운 존재, 무지렁이나 무정부주의자 따위로 여길 필요가 없다는 기적 같은 가능성이 열려 있으니까요.

햄프턴 궁전 정원의 참나무 아래 앉아 이렇게 많은 생각을 했지만 아무리 오래된 나무뿌리라도 배기긴 하네요. 그래도 잉글랜드 공원의 풍경을 그린 작은 그림을 보냅니다. 수사슴도 한 마리 넣고 싶었지만 기억만으로는 그리기가 쉽지 않더군요.

런던 거리

런던에서는 파리에서와 달리 석유 냄새와 그슬린 풀 냄새, 수지 냄새가 납니다. 파리에는 여기에 분 냄새와 커피 냄새, 치즈 냄새까지 섞여 있답니다. 프라하는 거리마다 다른 냄새가 납니다. 이 점에서 프라하를 이길 곳은 어디에도 없죠. 런던의 소음은 좀 더 복합적입니다. 스트랜드나 피커딜리 같은 중심지는 방적기를 수천 대 갖춘 방적 공장처럼 시끄럽습니다. 만원 차량들, 버스들, 승용차들, 증기기관들이 덜컹덜컹, 우르릉우르릉, 가르랑가르랑, 꼴깍꼴깍하는 소리를 내거든요. 앞으로 나아가지도 못하고 공회전하며 덜컹거리는 2층 버스에 앉아 있으면 우르릉거리는 소리에 몸이 떨리고 묘한 헝겊 인형처럼 앉은 자리에서 몸이 이리저리 흔들립니다. 또한 온갖 골목과 가든스, 스퀘어, 로드, 그로브, 크레센트• 등이 지금 이 글을 쓰고 있는 노팅 힐의 이 보잘것없는 거리로 이어져 있답니다. 그런 동네에는 문 옆에 기둥 두 개가 있는 집이나 똑같은 난간이 있는 집, 현관 앞에 계단이 일곱 칸 있는 집들이 늘어서 있죠. 런던에서 'i'를 절박하게 발음하는 사람들은 우유 배달원이고, 볼멘소리로 "예이예이(jejej)" 하고 외치면 불쏘시개를 뜻하며, "우오(uó)"는 석탄 배달부의 함성이고, 이따금 지나가던 뱃사람이 저기 어떤 청년이 있는데 어린아이의 유아차에 양배추 다섯 포기를 실어놓고 팔고 있더라고 흥분해서 떠들어대기도 합니다. 영국의 청교도가 그렇게 유명하다고 해도 밤이 되면 고양이들이 팔레르모••의 지붕에서 그랬듯 사납게 사랑을 나누기도 하죠. 다른 곳에 비해 조용한 건 사람뿐입니다. 이곳 사람들은 서로 대화할 때에도 큰 소리를 내는 법이 없고 그저 한시라도 빨리 집에 가고 싶어 하는 것 같습니다. 사실은 그것이 잉글랜드의 거리에서 가장 이상한 점입니다. 노부인들이 길모퉁이에 서서

• 영국의 거리에는 지역이나 특색에 따라 '스트리트(street)' 대신 다양한 이름이 붙는다.

•• 이탈리아 시칠리아주의 주도.

스미스네에 이런 일이 있었니 그린네에 저런 일이 있었니 떠드는 광경도 볼 수 없고, 연인들이 팔짱을 끼고 몽유병 환자처럼 정처 없이 돌아다니거나 점잖은 시민들이 집 앞에서 무릎에 손을 올리고 앉아 있는 광경도 볼 수 없거든요(그러고 보니 아직 여기서 가구 만드는 사람이나 자물쇠 만드는 사람, 작업실이나 직공, 견습공도 본 적이 없네요. 여긴 온통 상점들뿐입니다. 상점 말고는 아무것도, 웨스트민스터 은행과 미들랜드 은행 말고는 아무것도 없습니다). 길거리나 장터의 벤치에 앉아 술을 마시는 사람도, 괜히 어정거리는 사람도, 게으름뱅이나 하인이나 나이 많은 교구민도 보이지 않습니다. 한마디로 아무것도, 정말이지 아무것도 볼 수 없다니까요. 런던의 거리는 그저 삶이라는 물줄기가 집에 닿기 위해 거쳐가는 홈통 같은 곳입니다. 사람들은 거리에서 삶을 살지 않거든요. 무언가를 보거나 얘기하거나 서 있거나 앉아 있지 않아요. 거리는 그저 지나가는 곳이죠. 이곳의 길거리는 온갖 진풍경을 마주하거나 온갖 모험에 휩쓸리는 흥미로운 오락의 장이 아닙니다. 사람들이 휘파람을 불거나 싸우거나 소란을 피우거나 추파를 던지거나 쉬어 가거나 시를 쓰거나 철학하는 곳도, 소변을 보고 삶을 즐기고 농담하며 정치를 논하고 두세 명씩, 가족끼리, 혹은 다 함께 모이거나 혁명을 일으키는 곳도 아닙니다. 우리나라와 이탈리아, 프랑스에서는 거리가 훌륭한 선술집이요, 공원이며, 마을 공유지이고 집회장이자 놀이터요, 극장이고 집의 연장이며 문턱입니다. 이곳의 거리는 누구의 것도 아니고 서로를 더 가깝게 이어주는 곳도 아닙니다. 이곳의 거리에서는 사람이나 사물을 만날 수 없습니다. 거리는 그저 지나가는 곳입니다.

우리나라에서는 창밖으로 고개를 내밀면 어느새 거리에 있게 되죠. 하지만 잉글랜드의 집과 거리 사이에는 레이스 커튼만이 아니라 작은 정원과 난간, 담쟁이덩굴, 작은 잔디밭과 산울타리, 문고리와 오랜 전통도 있습니다. 잉글랜드에서는 거리가 떠들썩하고 유쾌한 마당이 되어주지 않기 때문에 집에 작은 마당이 있어야 합니다. 거리가 놀이터나 미끄럼틀이 되지 않기 때문에 마당에는 그네나 놀이터가 있어야 하고요. 잉글랜드 가정을 다룬 시가 유난히 많은 까닭은 잉글랜드의 거리가 도무지 시적이지 않아서입니다. 이곳 거리에는 혁명가 무리가 늘어서지도 않습니다. 그러기엔 너무 길거든요. 너무 단조롭고요.

그나마 버스가 있어서 얼마나 다행인지 모릅니다. 버스는 사막의 배 역할을 하는 낙타처럼 사람들을 등에 태우고 런던의 거대한 벽돌 건물 사이를 돌아다니니까요. 솔직히 흐린 날씨 탓에 태양이나 별을 길잡이로 삼을 수도 없는 곳에서 버스가 어떻게 길을 잃지 않는지 신기할 따름입니다. 운전사들이 어떤 비밀의 표시를 보고 래드브로크 그로브와 그레이트 웨스턴 로드, 켄싱턴 파크가를 구분하는지 모르겠다니까요. 핌리코나 해머스미스 대신 이스트 액턴으로 가는 이유도 모르겠고요. 그나저나 모든 거리가 어처구니없게 똑같은데 이스트 액턴은 어떻게 그렇게 잘 알까요? 아마 그곳에 살고 있는 모양입니다. 기둥 두 개와 계단 일곱 개가 있는 집들 가운데 하나에 말이죠. 이런 집들은 가족 묘지처럼 보이기도 합니다. 그려보려 했지만 아무리 노력해도 그 절망적인 외관을 흡족하게 표현할 수가 없네요. 게다가 그것을 그릴 회색 물감도 제겐 없답니다.

아, 참, 당연히 베이커가에도 갔었는데 몹시 실망하고 돌아왔습니다. 셜록 홈스의 흔적조차 찾을 수 없었거든요. 베이커가는 아주 오랜 노력 끝에 간신히 리젠트 파크로 향하는 길목이 되었을 뿐 그보다 고귀한 목적은 전혀 없는, 아주 점잖은 상업 지구에 불과합니다. 베이커 스트리트 지하철역 얘기를 짧게 해보자면, 벌써 다 해버렸네요. 더 이상 할 얘기도, 우리의 인내심도 남아 있지 않다니까요.

도로와 거리 사정

저는 이곳에서 말하는 이른바 '교통량', 그러니까 도로와 거리를 가득 메운 수많은 사람과 차량에 평생 적응하지 못할 겁니다. 사람들에게 이끌려 처음 런던에 온 날을 떠올리면 정신이 아득해진답니다. 기차를 타고 런던에 도착했을 때 일행은 저를 데리고 유리로 에워싸인 커다란 복도를 지나 가축용 저울처럼 생긴 창살 안으로 밀어 넣었습니다. '승강기'라는 이 물건이 철벽을 두른 우물 아래로 내려가자 그들은 다시 저를 끌어 내려 뱀 같은 지하 통로로 데려갔죠. 악몽을 꾸는 기분이었습니다. 이윽고 철로가 깔린 하수구 같은 굴이 나왔고 그 안으로 윙윙거리는 열차가 들어오더군요. 그들이 저를 밀어 넣자 열차는 다시 출발했습니다. 열차 안은 몹시 퀴퀴하고 후텁지근했는데, 틀림없이 지옥과 가까워서 그랬을 겁니다. 얼마 후 열차에서 내린 저는 다시 안내를 받아 새로 지은 지하 묘지 같은 곳을 지나 물방앗간처럼 덜거덕거리는 에스컬레이터를 타고 사람들과 함께 올라갔습니다. 한바탕 열병을 앓은 기분이었어요. 그 뒤로도 통로와 계단이 몇 번 더 나왔고, 아무리 발버둥 치며 저항해도 일행은 저를 이끌고 거리로 나가더군요. 그 순간 또다시 마음이 무거워졌답니다. 차들이 네 줄로 끊임없이 쌩쌩 달리고 있었죠. 버스들은 등에 조그만 사람들을 태우고 고대 코끼리 마스토돈처럼 무리 지어 나아갔고, 배달 차량과 화물차들, 쏜살같이 달리는 승용차들, 증기차들, 달리는 사람들, 견인차들, 구급차들, 다람쥐처럼 버스 위층으로 올라가는 사람들, 새로이 나타난 또 한 무리의 모터 달린 코끼리가 마구 뒤엉켜 있었습니다. 그러다 어느 순간 모든 것이 멈춰 서더군요. 덜컥덜컥, 우르릉우르릉 소리를 내며 길게 늘어선 채 나아가지 못하는 겁니다. 하지만 나아가지 못하기는 저도 마찬가지였습니다. 길을 건너야 한다는 생각에 등골이 오싹해졌거든요. 간신히 성공했고 그 뒤에도 런던의 거리를 수없이 건넜지만 죽을 때까지 익숙해지지 않을 것 같네요.

숙소로 돌아오자 몸과 마음이 모두 지치고 만신창이가

된 기분이었죠. 난생처음 현대 문명에 걷잡을 수 없이 격렬한 반감이 들더군요. 그렇게 많은 사람이 한데 몰려 있는 것이 야만적이고 파괴적으로 느껴지기도 했고요. 세어보진 않았지만 칠백오십만 명은 되었을 거예요. 한 가지 확실한 점은 그렇게 엄청난 군중을 보고 불현듯 참담한 기분이 들었다는 겁니다. 숲에서 길을 잃은 어린애처럼 마음이 몹시 불안했고 프라하가 몹시 그리워졌습니다. 좋아요. 시원하게 인정할게요. 솔직히 무서웠어요. 길을 잃을까봐, 기다리는 버스가 오지 않을까봐, 무슨 일이 생길까봐 겁이 났죠. 저주가 내려진 건 아닌지, 인간의 삶이 무가치해지는 건 아닌지, 인간이 그저 흰 곰팡이 핀 감자에 들끓는 수백만 마리의 거대한 박테리아로 전락하는 건 아닌지, 혹시 이 모든 게 지독한 악몽에 불과한 건 아닌지, 어떤 무시무시한 재앙이 닥쳐 인간성이 말살되는 건 아닌지, 인간이 무력해지는 건 아닌지, 이런 생각을 하다가 뜬금없이 눈물이 터져 모든 사람이, 그러니까 칠백오십만 명의 사람이 나를 비웃는 건 아닌지 두려웠습니다. 처음 마주한 그 풍경에 왜 그토록 겁이 났는지, 왜 그토록 괴로웠는지 언젠가는 알게 되겠죠. 하지만 괜찮습니다. 오늘은 좀 더 익숙해져서 다른 사람들과 똑같이 걷고 달리고 방향을 틀고 돌아다니며 버스 위층으로 올라가기도 하고 승강기와 지하철 안에서 움직일 수도 있었으니까요. 깊이 생각하지만 않으면 됩니다. 주변에서 벌어지는 일을 의식하는 순간, 사악하고 괴물 같은 무언가, 처참한 무언가를 느끼며 괴로워할 테고 끝내 위안을 찾지 못할 테니까요. 그러고 나면 견딜 수 없이 외로워지겠죠.

이따금 삼십 분쯤 모든 것이 멈춰 서는 까닭은 교통량이 너무 많아서입니다. 채링 크로스에서 정체가 시작되고 그 정체가 해소되기도 전에 뱅크에서 브롬프턴가 너머까지 차량들이 밀려 나오죠. 그럴 때면 타고 있는 차량 안에 앉아 앞으로 20년 뒤에는 어떤 풍경이 펼쳐질까 생각하게 됩니다. 이런 정체가 자주 일어나니 많은 사람이 같은 생각을 하겠죠. 사람들이 지붕 위로 걸어 다닐지 아니면 지하로 걸어 다닐지는 아직 아무도 모릅니다. 분명한 사실은 이미 땅으로는 다닐 수 없다는 겁니다. 현대 문명의 눈부신 성과죠. 사실 저는 거인 안타이오스•처

• 그리스 신화에 나오는 바다의 신 포세이돈과 땅의 여신 가이아 사이에서 태어난 아들로, 땅에 몸이 붙어 있으면 당할 자가 없는 인물.

NEWS
LET
FURNITURE
FRIDGE
FOR SALE
VIROL
TO BE LET
MIDLAND
PLEYEL
SHOES
BOVRIL
PURVEYORS
HOSIER
MAPLES
HIS MASTE
VOICE
TO BE LET
LLOYD
LYONS
TOBACCO
FOR SALE
LIVER PILLS
DINING
UNDERGROUND

TRAFFIC

럼 땅을 선호하는데 말입니다. 작은 그림을 그려보았지만 실제로는 여기에 공장처럼 요란한 소음이 더해져 훨씬 더 지독하게 느껴진답니다. 하지만 운전사들이 미친 듯이 경적을 울려대지도, 사람들이 서로에게 욕을 하지도 않습니다. 어쨌든 이곳 사람들은 모두 조용한 사람들이잖아요.

그나저나 거리에서 들려오는 몇몇 소리를 해독해보았는데요. "오에이오(o-ej-ó)" 하는 열성적인 외침은 '포테이토'를 뜻하고 "오이(oi)"는 '오일', "우우(u-ú)"는 병에 든 알 수 없는 무언가를 지칭합니다. 이따금 악단이 가장 넓은 대로 연석에 진을 치고 연주를 하기도 합니다. 트럼펫을 불고 북을 치면서 동전을 받죠. 나폴리에서처럼 이탈리아 테너가 창문 앞에서 〈리골레토〉나 〈일 트로바토레〉,• "이제 내 삶은 끝났어요" 따위의 노랫말이 담긴 그리움 가득한 노래를 열성적으로 부르기도 하고요. 하지만 휘파람 부는 사람은 딱 한 명 봤습니다. 크롬웰가에서 흑인이 휘파람을 불고 있더군요.

• 둘 다 이탈리아의 작곡가 주세페 베르디(1813~1901)의 오페라.

하이드 파크

이곳 잉글랜드에서 가장 우울한 날은 일요일입니다. 잉글랜드의 일요일은 말할 수 없이 따분한 날이거든요. 그래서 저는 옥스퍼드가를 걷기 시작했습니다. 고국과 조금이라도 더 가까워지려고 동쪽으로 가려 했는데 방향을 착각해서 서쪽으로 가다가 결국 하이드 파크 입구에 이르렀지 뭐예요. 이곳엔 대리석으로 된 아치형 개선문이 있어서 마블 아치라고 부르는데, 딱히 출입문은 아닙니다. 솔직히 왜 거기 있는지 저도 모르겠어요. 그러고 보니 조금 측은한 마음이 들어서 한번 보려고 다가갔는데 군데군데 사람들이 모여 있더군요. 어찌 된 상황인지 알고 나니 금세 기운이 났답니다.

마블 아치 앞에 있는 커다란 광장에서는 누구나 의자 또는 연단을 가져오거나 그저 맨땅에 서서 연설을 할 수 있답니다. 그러면 주위에 사람들이 모여들죠. 다섯 명, 스무 명, 때로는 삼백 명이 모여 연설을 듣고 대답하거나 반박하거나 고개를 끄덕이고 가끔은 찬송가나 세속적인 노래를 따라 부르기도 합니다. 때로는 반대 의견을 가진 사람이 청중을 끌어가서 나름의 연설을 시작하기도 하고요. 이따금 군중은 단세포생물이나 세포군체처럼 분열하기도 하고 쿠데타를 일으키기도 합니다. 오랫동안 똘똘 뭉쳐 해체되지 않는 무리가 있는가 하면, 끊임없이 나뉘거나 넘쳐흐르거나 커지거나 부풀어 오르거나 새끼를 치거나 흩어지는 무리도 있습니다. 비교적 큰 종파는 작은 이동식 설교단을 사용하지만 연설자들 대부분은 맨땅에 서서 축축한 담배를 빨며 채식주의나 하느님, 교육, 배상금, 강신론 따위를 주제로 설교합니다. 제 평생 이런 광경은 어디서도 본 적이 없네요.

저 역시 죄인인데 오랫동안 설교를 듣지 않았으니 한 번 들어보기로 했습니다. 처음에는 작고 조용한 무리를 골라 소심하게 끼어봤답니다. 폴란드인 유대인처럼 보이는 눈이 아름답고 등이 구부정한 청년이 연설을 하고 있더군요. 한참 듣고 나서야 연설 주제가 그저 교육이라는 것을 깨닫고 좀 더 큰 무리로 옮겨 갔습니다. 실크해트

를 쓴 나이 지긋한 신사가 설교단에서 열성적으로 몸을 움직이며 설교를 하고 있었죠. 들어보니 무슨 하이드 파크 선교단에서 나온 사람 같더군요. 어찌나 팔을 휘저어 대던지 저러다 난간 너머로 날아가는 게 아닐까 겁이 났답니다. 또 다른 무리에서는 노부인이 설교하고 있었습니다. 저는 여성해방을 반대하는 사람은 절대 아니지만, 솔직히 여자 목소리는 도무지 귀에 들어오지 않더라고요. 여성은 타고난 신체 기관(즉 여기서는 성대) 때문에 사람들 앞에 서면 불리하다는 뜻입니다. 여자의 연설을 듣고 있으면 어머니에게 꾸지람을 듣는 어린 소년이 된 것 같거든요. 제가 이 코안경을 쓴 노부인에게 왜 꾸지람을 듣고 있는지 모르겠더라고요. 어쨌든 그녀는 자신의 마음을 살펴야 한다고 소리쳤습니다. 그 옆에서는 가톨릭 교도가 높이 매달린 십자가 앞에서 설교를 하고 있었어요. 이교도들 앞에서 신앙을 공포하는 광경은 난생처음 보았답니다. 설교는 훌륭했고 마지막에는 노래로 마무리하기에 저도 2절을 따라 부르려 했는데 안타깝게도 곡조를 모르겠더군요. 몇몇 무리는 노래에만 열중하고 있었습니다. 한가운데서 지휘봉을 든 작은 사내가 첫 음을 잡으면 모두가 함께, 심지어는 여러 성부로 나뉘어 아주 점잖게 노래를 불렀죠. 저는 교구민이 아니라서 조용히 듣고만 있으려 했는데 옆에 있던 실크해트 신사가 같이 부르자고 권하는 바람에 뚜렷한 가락이나 가사도 없이 소리 내 따라 부르며 하느님을 찬양했답니다. 한 연인도 동참했죠. 남자는 입에 문 담배를 빼고 노래를 부르고 여자도 따라 부르더군요. 나이 지긋한 신사와 겨드랑이에 방망이를 낀 청년도 함께 노래했습니다. 한가운데 선 초라한 사내는 그랜드 오페라의 지휘자라도 된 듯 우아하게 지휘했답니다. 그때까지 이곳에 와서 경험한 일 가운데 그 절반만큼도 즐거운 일이 없었다니까요. 다른 두 무리에도 끼어 함께 노래하고, 사회주의에 관한 설교와 런던

반(反)종교 협회에 관한 얘기도 조금 들었습니다. 소규모 토론 그룹들도 구경했고요. 무척 누추한 신사가 보수적인 사회 원칙을 옹호하는 듯했지만 런던내기 특유의 억양이 심해서 한마디도 알아듣지 못했습니다. 상대는 진화론적 사회주의를 주장했는데 어느 모로 보나 훨씬 더 말쑥한 은행원 같은 차림새를 하고 있었죠. 또 다른 토론 그룹은 겨우 다섯 명뿐이었어요. 피부가 갈색인 인도인과 납작한 모자를 쓴 애꾸눈 사내, 뚱뚱한 미국인 유대인이 있었고, 나머지 두 명은 파이프를 입에 문 채 아무 말도 하지 않았습니다. 애꾸눈 사내가 지독하게 비관적인 투로 "때로는 무언가가 아무것도 아니다"라고 주장했고 반대로 인도인은 "무언가는 언제나 무언가"라는 낙관적인 관점을 설파했습니다. 다만 서툰 영어로 같은 말을 스무 번쯤 되풀이하더군요. 저만치에서는 한 노인이 터를 잡았습니다. 손에 든 긴 십자가에는 "주님께서 그대를 부르노니"라고 적힌 깃발이 매달려 있었습니다. 그는 힘없고 쉰 듯한 목소리로 무어라 말했지만 아무도 듣지 않더군요. 그래서 제가, 이 길 잃은 외국인이 걸음을 멈추고 그의 청중이 되어주었답니다. 어느새 날이 어둑해져서 그만 돌아가려 하는데 누군가가 몹시 초조한 얼굴로 저

를 멈춰 세우는 겁니다. 그런데 도대체 뭐라고 하는지 알아들을 수가 있어야죠. 그래서 저는 외국인이고 런던은 지독한 곳이지만 영국 사람들은 참 좋다고, 저도 세상을 꽤 많이 보았는데 이 하이드 파크의 연설자들만큼 흥미로운 구경거리는 본 적이 없다고 말해주었죠. 그런데 얘기를 끝내고 보니 어느새 열 명쯤 되는 사람이 우리 주위에 모여 조용히 듣고 있는 게 아니겠어요? 이렇게 된 마당에 아예 새로운 종파의 설교자로 터를 잡을까 고민했지만 굳건한 믿음을 얻을 만한 주제가 떠오르지 않았고 영어도 서툴러서 얼른 빠져나왔습니다.

하이드 파크 울타리 너머에서 양 몇 마리가 풀을 뜯고

있더군요. 제가 바라보자 가장 연로해 보이는 양이 일어나 매 하고 울기 시작하는 겁니다. 저는 그 양의 설교를 귀 기울여 듣다가 다 끝난 뒤에야 마치 예배라도 드린 듯 정화되고 충만해진 기분으로 걸음을 돌렸습니다. 민주주의와 영국인의 성격, 신앙과 다른 여러 가지의 필요에 대해 심오한 성찰을 이어갈 수도 있지만 이번 경험은 그저 그 자체의 아름다움을 곱씹는 것으로 만족하고 싶네요.

자연사박물관에서

"대영박물관에 가봤습니까?"

"월리스 컬렉션에는 가보셨어요?"

"테이트 갤러리에도 가보셨나요?"

"마담 튀소 박물관은요?"

"사우스 켄싱턴 박물관•에 가봤습니까?"

"국립 미술관에는 가보셨나요?"

네, 네, 네, 다 가봤습니다. 하지만 지금은 잠시 앉아 다른 얘기를 해볼게요. 무슨 얘기를 하려고 했더라? 아, 생각났네요. 자연은 참으로 신기하고 위대합니다. 그림이나 조각상을 아무리 둘러봐도 물리지 않지만, 고백건대 저를 가장 즐겁게 한 것은 자연사박물관에 있는 조가

• 지금의 빅토리아 앨버트 박물관.

비와 수정이었답니다. 물론 매머드와 도마뱀도 무척 아름답습니다. 물고기, 나비, 영양을 비롯한 다른 들짐승도 그렇고요. 하지만 가장 예쁜 건 소라고둥과 조가비입니다. 마치 장난기 많은 초월적 존재가 그 무한한 변주 가능성에 매료되어 오직 재미로 창조한 것 같거든요. 소녀의 입처럼 두툼한 분홍색 조가비가 있는가 하면, 보라색과 호박색, 진주색, 검은색, 흰색, 점박이도 있고, 모루처럼 묵직한 게 있는가 하면 퀸 매브•의 분첩처럼 조그만 것도 있고, 소용돌이무늬가 있거나 홈이 패거나 꺼끌꺼끌한 것도 있으며, 타원형이나 콩팥 모양, 눈 모양, 입술 모양, 화살 모양, 투구 모양도 있고, 지구상의 무엇과도 닮지 않은 것도 있습니다. 반투명하거나 유백색이거나 절묘하거나 흉측하거나 묘사할 수 없는 것도 있고요. 그런데 무슨 얘기를 하려고 했더라? 아, 생각났네요. 보물과 수많은 예술 작품, 가구나 무기, 의복, 카펫, 조각품, 도자기, 단련하거나 무늬를 새기거나, 엮거나 짓이기거나, 두드리거나 안을 채우거나, 칠하거나 윤을 내거나, 수를 놓거나 짜서 만든 모든 것을 둘러보면서 저는 새삼

• 영국 민화에서 인간의 꿈을 지배한다는 요정.

깨달았습니다. 자연이 정말 신기하고 위대하다는 것을 말이죠. 이 모든 것은 결국 다양한 종류의 조가비입니다. 모두 기이하고 초월적이며 기쁨과 재미를 향한 충동으로 힘겹게 만들어진 것이죠. 축축한 민달팽이가 창작의 광기에 몸을 떨며 탄생시킨 것입니다. 장엄하면서도 조그만 존재여, 일본의 네쓰케•나 동양의 직물이여, 너를 내 집에 둔다면 너는 무엇을 의미할까! 인간의 비밀, 인간의 창의성, 우아한 외국의 언어 등을 담고 있겠지. 그러나 헤아릴 수 없이 엄청난 양의 조가비 속에는 개별성이 존재하지 않습니다. 개인의 손길이나 역사가 담겨 있지 않죠. 그것들은 그저 광기 어린 자연, 동물적 창조, 시간을 뛰어넘는 바다에서 건져 올린, 헤아릴 수 없이 풍부한 양의 아름답고 괴이한 조가비일 뿐입니다. 그러니 자연처럼 해보세요. 창조하는 겁니다. 괴이하고 아름다우며 홈이 패거나 뒤틀리거나 밝고 투명한 것들을 마구 창조하는 겁니다. 풍부하게, 기이하고 순수하게 창조할수록 자연과, 어쩌면 신과 더 가까운 존재가 될지 모릅니다. 자

• 기모노의 허리띠에 매다는 일본의 전통적인 장식품으로, 뿔이나 조가비, 호박 등으로 만든다.

연은 위대합니다.

다양한 모양과 규칙, 색깔을 지닌 수정 같은 결정체도 빼놓을 수 없습니다. 성당 기둥처럼 장엄한 수정도 있고 흰 곰팡이처럼 섬세한 수정도 있으며 바늘처럼 날카로운 수정도 있고 지구상의 무엇과도 닮지 않은, 무색이나 파란색, 초록색의 수정도 있습니다. 타오르는 불과 같은 색도 있고 검은색도 있으며 광적인 괴짜 학자들이 설계한 듯 수학적으로 완벽한 모양도 있고, 간과 심장, 거대한 생식기나 동물의 침을 닮은 모양도 있습니다. 수정 동굴도 있고 괴상한 거품 모양으로 굳어진 광물도 있습니다.

광물의 발효와 용해, 성장, 축조와 공작을 담고 있는 결정체도 있고요. 심지어 고딕 양식 교회와 비슷한 수정도 있고, 그보다 훨씬 더 복잡한 모양을 띤 것도 있습니다. 우리에게도 결정체를 만드는 힘이 있죠. 이집트는 피라미드와 방첨탑이라는 결정체를 맺었고 그리스는 다양한 기둥, 고딕 시대는 작은 첨탑, 런던은 검은 흙으로 빚은 듯한 육면체의 건물들을 탄생시켰습니다. 번개의 섬광에도 비밀스러운 수학 원리가 숨어 있듯이 물질의 구조와 구성에도 수많은 법칙이 존재합니다. 자연을 따라가려면 정확해야 합니다. 수학적이고 기하학적으로 사고해야 합니다. 수적 정확성과 상상력, 규칙, 양적인 풍부함은 자연의 강력한 힘입니다. 자연의 일부가 되려면 푸른 나무 아래 앉아 있을 게 아니라 수정을 만들고 아이디어를 떠올리고 규칙과 모양을 부여하고 눈부신 섬광의 신성한 수학적 원리로 현상을 탐구해야 합니다.

아, 시는 충분히 기이하지도, 충분히 과감하거나 정확하지도 않으니 어떡하나요!

우리의 순례자, 다른 박물관과 미술관을 훑어보다

부유한 영국은 전 세계의 보물을 소장하고 있습니다. 그리 창조적이지 않은 탓인지 아크로폴리스의 메토프• 와 이집트의 반암이나 화강암 기둥, 아시리아의 부조 벽화, 고대 유카탄반도의 울퉁불퉁한 장식품들, 웃고 있는 불상들, 일본 조각품과 칠기, 유럽의 훌륭한 예술품과 수많은 식민지의 기념물, 다양한 쇠 장식물, 직물, 유리 제품, 꽃병, 코담뱃갑, 책싸개, 동상, 그림, 법랑, 무늬 새긴 접이식 책상, 사라센의 군도, 아, 그 밖에 저도 잘 모르는 수많은 보물을 가져갔죠. 아마도 세계 각지의 귀한 물건을 모두 갖고 있을 겁니다.

물론 이번 기회에 다양한 양식과 문화에 관해 배우는

• 그리스의 도리스 건축양식에서 세로로 홈이 난 돌기석 사이에 들어가는 패널.

것도 좋겠습니다. 예술이 어떤 단계로 발전해왔는지도 얘기해보고요. 이곳에 전시되어 우리에게 감동과 교훈을 주는 물건들을 분류하고 구분해보는 것도 중요합니다. 하지만 그 대신 저는 옷을 쥐어뜯으며 이렇게 자문해봅니다. 인간의 완성은 어디쯤에서 찾을 수 있을까? 아찔하게도 인간의 완성은 어디서나 볼 수 있습니다. 아, 인류의 출발 지점부터 인간의 완성을 엿볼 수 있다니, 최초로 만든 돌화살에서도, 야만인의 그림에서도, 중국과 피지, 고대 니네베•에서도, 인간이 창조적 삶의 유물을 남긴 곳이라면 어디서나 그것을 볼 수 있다니 참으로 오싹합니다. 저는 많은 것을 보고 여러 가지를 비교해보았습니다. 하지만 솔직히 말하면 최초의 항아리를 만든 사람과 포틀랜드 꽃병을 눈부시게 장식한 인간 가운데 어느 쪽이 더 완전하고 고상하며 매력적인 존재인지 모르겠습니다. 혈거인과 런던 웨스트엔드에 사는 사람 가운데 어느 쪽이 더 완전한지도 모르겠고요. 캔버스에 빅토리아 여왕의 초상화를 그리는 것과 티에라델푸에고••의 원시

• 고대 아시리아의 수도.

•• 남아메리카 남단의 군도.

인들처럼 손가락으로 허공에 펭귄 초상화를 그리는 것, 둘 중 어느 쪽이 더 고차원적이고 신성한 예술일까요? 그래서 아찔하다는 겁니다. 시대와 장소의 우월을 따지는 것도 그렇고, 문화와 역사의 우월을 따지는 건 훨씬 더 지독합니다. 과거에든 미래에든 인간이 완성되고 완벽해지는 지점, 이상적인 지점, 평형을 이루는 지점은 없습니다.

어디든 될 수 있고 어디든 되지 않을 수도 있죠. 언제든, 어느 곳이든 인간이 무언가를 만들었다면 그 순간, 그 장소가 누구도 넘어설 수 없는 가장 이상적인 지점입니다. 렘브란트의 초상화가 골드 코스트의 탈춤용 탈보다 더 완전하다고 할 수 있을까요? 저는 정말 많은 것을 보았답니다. 우리는 렘브란트의 작품과 골드코스트나 아이보리코스트•의 탈을 동등한 것으로 대해야 합니다. 발전이라는 건 없습니다. '전진'과 '퇴보'가 아니라 끝없이 새로운 창작이 이어질 뿐이죠. 역사와 다양한 문화, 수집품, 세계 각지의 보물이 우리에게 주는 교훈은 이것뿐입니다. 미친 사람처럼 끊임없이 창조하라. 이곳에서, 지금 이 순간 인간 성취의 절정, 극치를 창조하라. 5만 년 전처럼 높이, 혹은 중세의 성모상처럼 높이, 혹은 컨스터블••이 그린 폭풍우 풍경화처럼 높이 올라가야 합니다. 수천 가지 전통이 있다면 전통이 없는 것과 마찬가지입니다. 그렇게 많은 것 중에서 하나를 고르기란 불가능하니까요. 그저 새로운 것을 추가할 수 있을 뿐입니다.

• '코트디부아르'의 구칭.

•• 19세기 영국의 대표적인 낭만주의 풍경화가 존 컨스터블(1776~1837).

런던의 박물관이나 미술관에서는 원한다면 상아 조각품이나 수놓은 담배 쌈지도 찾을 수 있을 겁니다. 인간 성취의 극치를 보고 싶다면 인도 전시관이나 바빌로니아 전시관, 도미에•와 터너,•• 바토••• 전시관, 엘긴 대리석 전시관••••으로 가면 됩니다. 하지만 이 세계 보물의 보고를 나서면 2층 버스를 타고 일링에서 이스트 햄까지, 클래펌에서 베스널 그린까지 몇 시간 동안 수십 킬로미터를 달린다고 해도 아름다움과 화려함으로 기쁨을 주는 인간의 성취는 딱히 찾아볼 수 없을 겁니다. 이곳의 예술은 전시관과 미술관, 부자들의 방에 있는 유리 진열장 안에 보관되어 있을 뿐 거리를 돌아다니지 않거든요. 예쁜 창틀에서 반짝거리지도, 기념비처럼 길모퉁이에 서 있지도, 친밀하거나 위엄 있는 말로 인사를 건네지도 않습니다. 글쎄요, 어쩌면 이 나라의 예술을 고갈시킨 것은 그저 개신교인지도 모르겠네요.

• 프랑스의 사실주의 화가이자 판화가 오노레 도미에(1808~1879).

•• 영국의 인상주의 화가 조지프 말러드 윌리엄 터너(1775~1851).

••• 로코코 양식의 대가인 프랑스의 화가 장 앙투안 바토(1684~1721).

•••• 기증자인 엘긴 백작의 이름을 딴, 대영박물관의 고대 그리스 대리석 조각 전시관.

우리의 순례자, 동물과 유명 인사들을 보다

런던 동물원과 큐 왕립 식물원•을 빼놓는다면 잉글랜드에 관해 전부 다 얘기했다고 말할 수 없겠죠. 저는 코끼리가 멱 감는 광경도 보았고 표범이 부드러운 배를 내놓고 저녁 햇볕을 쬐는 광경도 보았답니다. 무시무시한 하마의 입속도 보았는데 꼭 커다란 젖소의 폐를 보는 것 같더군요. 나이 많은 아가씨처럼 교묘하고 조신하게 미소 짓는 기린들의 모습에는 어찌나 기가 차던지요. 사자가 자는 모습, 원숭이들이 짝짓기 하는 모습, 우리 인간이 모자를 쓰듯 오랑우탄이 바구니를 머리에 뒤집어쓰는 모습도 보았답니다. 인도산 공작새가 제 앞에서 꼬리를 활짝 펼치고는 보란 듯이 발톱으로 땅을 긁으며 돌아서

• 1759년 개원한 이래 식물 연구에 공헌해온 런던 남서부의 식물원.

기도 했습니다. 수족관의 물고기들은 무지개색으로 너울거렸고 코뿔소는 자기보다 훨씬 더 큰 짐승에게나 맞는 가죽 속에 갇혀 있는 것 같더군요. 이 정도면 충분히 얘기한 것 같네요. 더 보고 싶은 것도 없고요.

하지만 지난번에 수사슴을 그리지 못해서 수사슴이 잔뜩 있는 리치먼드 파크로 달려갔답니다. 이곳의 수사슴들은 아무렇지도 않게 사람에게 접근합니다. 식물을 즐기는 사람을 좋아하는 모양이에요. 수사슴 한 마리를 공략하기는 무척 어렵지만 수사슴 무리를 그리는 데는 성

공했습니다. 사슴들 뒤에서는 한 쌍의 연인이 풀밭을 어슬렁거리고 있었답니다. 하지만 이곳 연인들의 행각은 공개적이라는 점을 빼고는 우리나라 연인들과 크게 다르지 않아서 굳이 그리지 않았어요.

큐 왕립 식물원에서는 열대식물 온실에 들어가 땀을

뻘뻘 흘리며 야자수와 덩굴식물을 비롯해 이 굉장한 땅에서 무성하게 자라는 온갖 식물을 구경했습니다. 런던탑에도 가보았어요. 커다란 양가죽 모자와 빨간 외투 차림으로 탑 앞을 뛰어다니며 제가 어디를 가든 뒷다리로 모래를 파헤치는 개처럼 기이하게 발을 구르며 다가오는 근위병을 보기 위해서였죠. 이 이상한 풍습이 어떤 역사적 사건과 연관이 있는지는 모르겠습니다. 마담 튀소 밀랍 인형 박물관에도 다녀왔습니다.

마담 튀소 박물관은 유명인들의 밀랍 인형이 전시된 곳이에요. 왕족도 있고(좀먹은 알폰소 왕•도 있더군요), 맥도널드••의 각료들과 프랑스 대통령들, 찰스 디킨스, 러디어드 키플링, 군 지휘관들, 마드무아젤 랑글렌,••• 지난 세기의 유명한 살인자들, 나폴레옹의 양말이나 허리띠, 모자 같은 유품도 있답니다. 치욕의 인물로는 빌헬름

• 영국 빅토리아 여왕의 손녀와 결혼한 스페인의 왕 알폰소 13세. 1886년 출생과 함께 왕위에 오른 뒤 모친의 섭정을 거쳐 1902년부터 통치했으나 1931년 제2공화국이 선포되면서 추방되었고, 마담 튀소 박물관에 있던 그의 밀랍 인형도 1934년에 치워졌다.

•• 1924년 집권한 영국 최초의 노동당 총리 램지 맥도널드(1866~1937).

••• 윔블던 선수권대회 6관왕, 올림픽 금메달 2관왕을 석권한 프랑스의 테니스 선수 쉬잔 랑글렌(1899~1938).

황제와 나이에 비해 한참 젊어 보이는 프란츠 요제프•가 있습니다. 저는 실크해트를 쓴 유난히 인상적인 인형 앞에서 걸음을 멈추고 누구인지 보려고 책자를 들여다보았습니다. 그런데 실크해트 신사가 갑자기 움직이더니 가버리는 게 아니겠어요? 오싹한 순간이었죠. 얼마 후 젊은 여성 두 명이 저를 한참 보더니 책자를 뒤지며 제가 누구인지 찾아보더군요.

마담 튀소 박물관에서 그리 유쾌하지 않은 사실을 발견하기도 했답니다. 제가 사람 얼굴을 읽는 재주가 전혀 없다는 것이죠. 어쩌면 인상이라는 게 워낙 우리를 쉽게 속이는 탓일 수도 있고요. 예를 들어 염소 같은 수염을 붙인 채 앉아 있는 12번 신사에게 매료되어 책자를 확인해보니 1892년에 처형된 토머스 닐 크림이라고 적혀 있더군요. 머틸다 클로버라는 여자를 스트리크닌으로 독살한 사람이랍니다. 다른 여자도 세 명이나 살해한 것으로 밝혀졌고요. 그런데 그의 얼굴을 봐서는 도무지 믿을 수

• 독일 황제 겸 프로이센 왕인 빌헬름 2세와 오스트리아 및 오스트리아·헝가리 제국의 황제인 프란츠 요제프 1세는 제1차 세계대전의 방아쇠를 당긴 인물로 간주된다.

가 없었죠. 13번 인형 프란츠 뮐러는 기차에서 브리그스 씨를 살해했다고 합니다, 흠. 수염도 없고 아주 점잖아 보이는 20번 신사는 희생자들의 시체를 트렁크에 숨겨놓아 '트렁크 살인마'라고 불린 아서 데버루이며 1905년에 처형되었다고 하고요. 끔찍하죠. 21번 인형은, 설마 이렇게 점잖은 성직자가 '책 읽는 영아 살인마 다이어 부인'일 리가 없잖아요. 알고 보니 책자의 페이지를 헷갈렸지 뭐예요. 기억을 다시 정리해야겠네요. 앉아 있는 12번 신사는 버나드 쇼입니다. 13번은 루이 블레리오,• 20번은 굴리엘모 마르코니••이고요.

앞으로 다시는 얼굴로 사람을 판단하지 않을 겁니다.

• 처음으로 실사용이 가능한 자동차 전조등을 개발한 프랑스의 비행사 겸 공학자 루이 블레리오(1872~1936).

•• 런던 마르코니 무선전신사를 창립한 이탈리아의 발명가 겸 기업가 굴리엘모 마르코니(1874~1937).

클럽

겸손하게 얘기할 길이 있을까요? 실은 아무 여행자에게나 오지 않는 과분한 영광을 누렸거든요. 바로 런던에서 가장 배타적인 클럽 몇 군데를 가보게 된 겁니다. 그 클럽들이 어땠는지 설명해볼게요. 처음 간 클럽은 이름을 잊어버렸고 어느 거리에 있었는지도 모르겠습니다. 사람들에게 이끌려 중세풍의 통로를 지나고 왼쪽으로 튼 다음 오른쪽으로 틀고 다시 몇 번 방향을 틀었다가 텅 빈 창문이 있는 집으로 올라가 안으로 들어갔거든요. 창고 같은 공간을 지나 지하실로 내려가자 클럽이 나오더군요. 권투 선수들도 있고 문인들과 아름다운 여자들, 참나무 탁자들, 도제 바닥, 우표만큼 조그만 방, 기이하고 지독한 소굴 같은 곳이 있었어요. 혹시 여기서 살해되는 건 아닐까 걱정하던 찰나에 그들이 도기 접시에 먹을 것을 담아 내주고 아주 친절하고 다정하게 대해주었답니다. 그러다가 남아프리카 연방의 육상 및 높이뛰기 챔피언에게 안내를 받아 밖으로 나왔는데, 그곳에서 제게 체코어를 배워 간 예쁜 여자가 아직도 기억나네요.

두 번째로 간 클럽은 유명하고 유서 깊으며 고색창연한 곳입니다. 그곳의 급사장인지 지배인인지 짐꾼인지(혹은 다른 무엇인지) 모를 사람이 귀띔해주기를, 디킨스와 허버트 스펜서• 외에도 많은 사람이 자주 드나들었다고 하더군요. 아마 그 사람도 이 모든 위인의 글을 읽었을 거예요. 기록을 관리하는 사람들이 대개 그렇듯 아주 세련되고 우아해 보였거든요. 또한 그는 제게 이 역사적인 저택을 구석구석 안내해주었답니다. 도서관과 독서실, 오래된 판화들, 난방이 되는 화장실, 욕실, 유서 깊은 안락의자들, 신사들이 담배를 피우는 공간들, 글을 쓰며 담배를 피우는 다른 공간들, 담배를 피우며 책을 읽는 또 다른 공간들을 보여주었죠. 어디서나 장엄한 분위기가 풍겼고 어디에나 낡은 가죽 안락의자가 있는 듯했습니다. 아, 우리에게도 그렇게 오래된 안락의자가 있다면 우

• 빅토리아 시대 영국의 철학자 허버트 스펜서(1820~1903)

리 역시 전통을 누릴 수 있을 텐데요. 예를 들어 고트스[•]가 자크레이스[••]의 의자에 앉고, 슈라메크[•••]가 슈밀로프스키[••••]의 의자에 앉고, 라들[•••••] 교수가 작고한 하

• 체코의 문학 및 연극 비평가 겸 이론가, 극작가, 소설가 프란티셰크 고트스(1894~1974).

•• 체코의 소설가 겸 극작가, 문학 및 연극 비평가 프란티셰크 자크레이스(1839~1907).

••• 체코의 시인이자 산문가 겸 극작가 프라냐 슈라메크(1877~1952)로, 차페크의 가까운 친구였다.

•••• 체코의 소설가 알로이스 슈밀로프스키(1837~1883).

••••• 체코의 생물학자이자 과학사가, 철학자 에마누엘 라들(1873~1942).

탈라•의 의자에 앉을 수 있었다면 역사가 어떻게 이어졌을까요? 우리의 전통은 그렇게 오래된, 그리고 무엇보다도 편안한 안락의자에 뿌리를 내리지 못했습니다. 앉을 곳이 없으니 허공에 떠 있을 수밖에요. 저는 이런 생각을 하며 유서 깊은 안락의자 중 하나에 앉았습니다. 역사의 일부가 된 기분이 어렴풋이 들었고 꽤 편안하더군요. 그곳에 앉아서 벽에 걸려 있거나 다른 안락의자에 앉아 《펀치》••나 《후즈 후》•••를 읽고 있는 역사적인 인물들을 훔쳐보았습니다. 아무도 말을 하지 않으니 더욱 위엄이 느껴지더군요. 우리나라에도 그렇게 조용히 앉아 있을 곳이 마련되어야 할 텐데요. 이곳에서는 지팡이 두 개를 짚고 발을 끌며 지나가는 노신사에게 아주 좋아 보인다는 몹쓸 말을 하는 사람도 없습니다. 신문을 뒤적거리는 (얼굴이 보이지 않는) 다른 신사도 옆 사람에게 정치 얘기를 마구 떠들어대지 않고요. 대륙 사람들은 말을 통해 위엄을 과시하려 듭니다. 영국인은 침묵으로 위엄을 과시하

• 슬로바키아 출신의 철학 교수이자 로마 가톨릭 신학자 겸 언어학자 마르틴 하탈라(1821~1903).

•• 1841년부터 1992년까지 영국에서 발행된 만화 위주의 주간잡지.

••• 1849년 런던에서 창간된 세계적인 현존 인물에 관한 인명사전.

죠. 그 클럽에 있는 사람들은 모두 왕립 미술원의 일원이거나 지난 세기의 위인, 은퇴한 장관 같더군요. 아무도 말을 하지 않았으니까요. 제가 들어갈 때에도 아무도 쳐다보지 않았고 나갈 때도 마찬가지였습니다. 저도 그렇게 하고 싶었지만 시선을 어디에 두어야 할지 모르겠더라고요. 저는 말을 하지 않으면 주위를 두리번거리고, 주위를 두리번거리지 않으면 기이하거나 우스운 일이 떠오르거든요. 그래서 저도 모르게 큰 소리로 웃음을 터트렸죠. 그런데 아무도 무슨 일인지 살펴보지 않더라고요. 어찌나 괴롭던지요. 그들은 일종의 의식을 치르는 것 같았습니다. 담배를 피우고 《후즈 후》를 넘겨 보는 것, 특히 침묵을 지키는 것이 그 의식의 일부죠. 그들의 침묵은 고독한 자의 침묵이나 피타고라스 신봉자들의 침묵, 신 앞의 침묵, 죽음의 침묵이나 무언의 명상이 아닙니다. 그것은 특별한 침묵, 사교적인 침묵, 세련된 침묵입니다. 신사들과 함께 있을 때 신사가 지키는 침묵이죠.

다른 여러 클럽에도 가보았습니다. 성격과 목적이 제각각인 클럽이 수백 개쯤 있지만 가장 좋은 곳은 모두 피커딜리 인근에 모여 있습니다. 이런 클럽에는 오래된 가죽 안락의자와 침묵의 의식, 흠잡을 데 없는 안내인, 여성 출입을 금하는 규칙이 있답니다. 이런 건 굉장한 혜택입니다. 대개는 고전적인 양식으로 지어진 석조 건물인데, 매연 때문에 시커멓게 변하고 비 때문에 허옇게 바래기도 했죠. 안으로 들어가면 훌륭한 음식과 널찍한 홀, 침묵, 전통, 뜨거운 물과 차가운 물, 초상화, 당구대, 그 밖에 수많은 인상적인 것을 누릴 수 있습니다. 정치 클럽도 있고 여성 클럽과 야간 클럽도 있지만 가보지는 못했습니다.

말이 나온 김에 사교 생활과 수도사의 삶, 훌륭한 요리, 오래된 초상화, 영국인들의 성격 등에 대해 생각해보면 좋겠지만 지금은 여행자이니 새로운 것을 더 발견하러 가봐야 합니다.

최대 규모의 견본 박람회 또는 대영제국 박람회•

1

미리 귀띔할게요. 웸블리 박람회에서 가장 많이 볼 수 있는 것은 단연코 사람, 특히 견학 온 학생들입니다. 저는 늘 인구 증가와 출산, 어린이와 학교, 실용 교육을 지지하는 사람입니다만, 솔직히 고백하면 머리에 둥근 모자를 쓴 채 이리저리 밀치며 총총거리거나 쿵쾅거리는 고삐 풀린 사내아이들과, 서로 떨어지지 않으려고 줄줄이 손을 잡고 다니는 여자아이들을 기관총으로 밀어버렸으면 하는 생각을 몇 번이나 했답니다. 그래도 무한한 인

• 영국이 패권의 위협을 느끼고 이를 만회하기 위해 1924~1925년에 런던 웸블리 스타디움에서 개최한 국제박람회.

내력을 발휘한 끝에 간신히 어느 부스에 이르렀죠. 뉴질랜드산 사과를 판매하기도 하고 호주에서 온 벼꽃이나 바하마 제도에서 만든 당구대가 전시되어 있기도 했답니다. 운 좋게 캐나다산 버터로 만든 웨일스 공• 상을 보기도 했는데, 그러고 보니 런던의 다른 기념물도 버터로 만들었다면 좋았을 텐데 하는 아쉬움이 들더라고요. 어느새 저는 다시 인파에 휩쓸려 뚱뚱한 신사의 목과 코앞에 있는 어떤 할머니의 귀를 구경하는 데 만족해야 했답니다. 뭐, 그리 나쁘지는 않았습니다. 만약 호주 냉장 식품 저장고에 뚱뚱한 신사의 혈색 좋은 목이 진열되어 있거나 점토로 만든 나이지리아 전시관에 바싹 말린 할머니의 귀들이 담긴 바구니가 놓여 있었다면 사람들이 잔뜩 몰려서 제대로 구경하지도 못했을 테니까요.

웸블리 박람회장을 그림으로 표현하고 싶었지만 안타깝게도 포기해야 할 것 같네요. 상업적인 것들이 넘쳐나는 이 풍요의 뿔을 어떻게 묘사하겠어요? 박제한 양과 말린 자두, 피지에서 만든 안락의자, 다마르••나 아연광 더

• 영국 왕세자의 칭호.

•• 동남아시아에서 자라는 나무의 껍질에서 채취하는 천연수지.

미, 줄에 매달아놓은 양 다리들, 커다란 건막류처럼 보이는 말린 코코넛 과육, 피라미드 모양으로 쌓아놓은 통조림, 고무로 만든 전등갓, 남아프리카 연방의 공장에서 찍어낸 영국 고가구, 시리아 건포도, 사탕수수, 지팡이, 치즈, 뉴질랜드산 빗과 홍콩에서 온 과자, 말레이시아산 기름, 호주산 향수, 주석 광산 따위의 모형, 자메이카에서 온 축음기, 캐나다에서 온 다양한 버터도 있었거든요. 세계 일주를 하는 것 같았답니다. 뭐, 사실은 그냥 엄청나게 거대한 규모의 바자회를 돌아다녔을 뿐이지만요. 어쨌든 제 평생 그렇게 거대한 난리법석은 본 적이 없습니다.

공학 전시관은 무척 아름다웠습니다. 영국의 가장 아름다운 조형미술은 기관차와 배, 보일러, 터빈, 변압기, 이마에 뿔이 두 개 달린 이상한 기계들, 회전하거나 진동하거나 두드리는 온갖 종류의 기계더군요. 자연사박물관의 파충류보다 훨씬 더 기이하고 아주 우아한 괴수들입니다. 이름도 모르고 용도도 알 수 없지만 어쨌든 무척 아름답습니다. 가끔은 그저 (무게가 수십 킬로그램에 이르는) 너트 하나가 완벽한 외형을 완성해주기도 합니다. 파프리카처럼 붉은색인 기계가 있는가 하면 거대한 회색 기계도 있고, 황동 줄무늬가 있는 기계도 있으며, 묘비처럼 시커멓고 위엄 있는 기계도 있습니다. 현관 앞에 계단 일곱 개와 기둥 두 개가 있는 똑같은 집들을 고안한 시대에 금속으로 무한히 독특한 형태와 기능을 지닌 시적인 기계들을 만들어냈다니 참으로 신기할 따름입니다. 우피치 미술관•과 바티칸의 소장품을 합친 것보다도 더 많은 이 전시품들이 바츨라프 광장••보다도 더 커다란 공간에

• 세계적인 규모와 소장품을 자랑하는 이탈리아 피렌체의 미술관.

•• 체코의 근현대사에서 중요한 집회의 무대가 되었으며 현재는 쇼핑몰이나 호텔 등이 밀집한 프라하의 관광지.

전시되어 있고, 대부분이 회전하거나 쉭쉭거리고 기름칠한 밸브로 분쇄하고 쇠 집게로 물고 기름을 땀처럼 흘리며 황동을 번쩍거리고 있다고 상상해보세요. 이것이 금속 시대의 신화입니다. 현대 문명이 완벽하게 만들 수 있는 건 기계뿐이네요. 기계들은 장엄하고 티 한 점 없지만 기계를 돕거나 기계의 도움을 받는 삶은 장엄하지도, 반짝거리지도, 더 완벽하거나 더 예쁘지도 않습니다. 기계들이 만들어내는 것도 완벽하지 않죠. 오로지 기계만이, 기계 자체만이 신과 같은 존재입니다. 그나저나 저는 산업 전시관에서 저의 우상을 발견했답니다. 탄탄하게 보강된 회전식 금고인데, 철갑을 두른 이 구체가 빛을 내며 검은 제단 위에서 조용히 돌아가고 있더라고요. 신기하기도 하고 조금 오싹하기도 했답니다.

아, '플라잉 스코츠맨'•이여, 백오십 톤의 눈부신 기관차여. 나를 고향과 가까운 곳으로 데려다주렴. 희고 반짝이는 배여, 나를 태우고 바다를 건너주렴. 그곳에 가서 백리향이 가득 핀 들판에 앉아 눈을 감고 싶구나. 내 몸에는 소박한 피가 흐르는 터, 지금까지 본 광경에 마음이

• 에든버러와 런던 사이를 오가는 급행열차의 애칭.

산란하노니. 인간의 완벽함을 드러내지 않는 물질의 완벽함, 희망 없는 고된 인생이 만들어낸 눈부신 기계들에 마음이 몹시 산란하노니. 아, 에든버러행 급행열차여, 오늘 내게 성냥을 판 눈먼 걸인이 그대 옆에 선다면 얼마나 초라해 보일까? 눈이 멀고 괴혈병을 앓는 사람이었으니. 찢어지게 가난하고 결함 많은 기계였으니. 그저 한낱 인간이었으니.

2

웸블리 박람회에는 기계 말고도 인상적인 볼거리가 두 가지 더 있었습니다. 원료와 제품입니다. 대개는 원료가 더 아름답고 흥미롭습니다. 무늬를 새기고 두드려 납작하게 만든 깡통보다는 순수한 주석 덩어리가 더 완벽하니까요. 완성된 당구대보다는 기아나나 사라왁 어딘가에서 벤 붉은색이나 적회색 목재가 단연코 더 매력적이죠. 고무판이나 고무로 만든 스테이크 모형보다는 실론섬이나 말레이시아에서 나온 점액질의 투명한 생고무가 훨씬 더 아름답고 신비롭습니다. 다양한 아프리카산 곡물과 어디서 왔는지 모를 견과, 각종 산딸기류의 열매, 씨앗이나 과일 씨, 과일, 돌멩이, 방동사니, 이삭, 앵속각, 덩이줄기, 꼬투리, 중과피와 수염뿌리와 그 밖의 다양한 뿌리와 이파리, 말리거나 분쇄하거나 기름지거나 비늘로 뒤덮인 것들은 굳이 묘사할 필요도 없을 겁니다. 색깔과 질감이 다양하고 대개는 이름도 무척 아름답습니다. 이름은 다 잊어버렸지만요. 어디에 쓰는 것인지 궁금하더군요. 결국 기계에 기름칠을 하거나 라이언스• 같은 대량생산 식당 체인점에서 파는, 밀가루와 버터 맛을 흉내낸 미심쩍은 타르트를 만드는 데 사용될 겁니다. 눈부시게 빛나거나 줄무늬가 있거나 진한 보라색 또는 황갈색을 띠거나 금속 같은 소리가 나는 목재도 당연히 영국 고가구를 만드는 데 사용될 뿐 흑인들의 우상이나 사원, 피부가 검거나 갈색인 왕을 위한 왕좌에는 쓰이지 않을 겁니다. 대영제국의 수많은 교역품을 이곳으로 실어 나른 인피 바구니나 자루 등에 손으로 직접 적은 듯 보이는 뜻 모를 예쁜 글자만이 흑인이나 말레이시아인의 유일한 흔

• 19세기 말부터 20세기 말까지 성업했던 영국의 식품 제조 및 호텔, 식당 프랜차이즈 체인.

적이죠. 나머지는 다 유럽산입니다. 그래도 거짓말을 할 수는 없으니 전부 다라고 하면 안 되겠네요. 유럽인들이 좋아하고 인정하는 이국적인 산업도 몇 가지 있으니까요. 예를 들면 인도에서 대량생산하는 불상이나 중국산 부채, 캐시미어 스카프나 물결무늬가 있는 칼이 그렇습니다. 역시 대량생산하는 석가모니 좌상과 아닐린 래커, 수출용 중국 도자기, 상아로 만든 코끼리와 에키움•인지 탤크인지 하는 무언가로 만든 잉크통, 무늬를 새긴 그릇들, 진주층 장식물과 진품을 보장한다는 다른 이국적인 제품들도 그렇습니다. 민속예술은 이제 없습니다. 베냉의 흑인은 뮌헨 미술대학에서 유학하기라도 한 듯 코끼리 엄니로 조각품을 만듭니다. 그에게 나무토막을 주면 안락의자도 조각해주겠죠. 아, 그렇다면 그는 이제 야만인이라고 할 수 없겠네요. 그럼 뭐라고 해야 할까요? 맞습니다. 그는 문명 산업의 피고용인이 되었습니다.

대영제국에 속한 유색인종이 4억 명인데, 대영제국 박람회에서 볼 수 있는 그들의 흔적이라고는 홍보용 인형 몇 개와, 부스를 지키는 피부가 황색이나 갈색인 안내인

• 푸른 꽃이 피는 이년생식물.

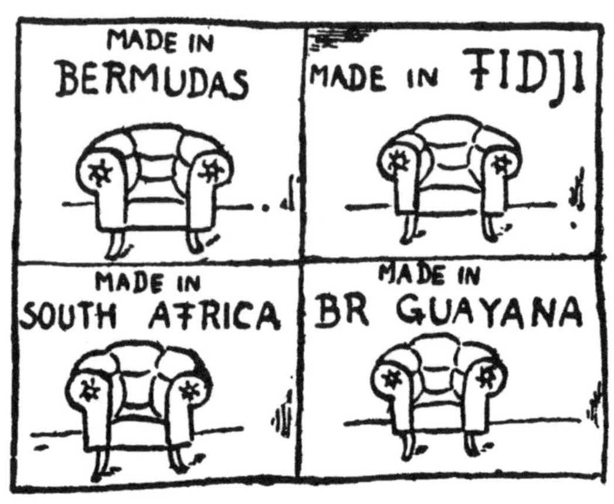

두어 명, 사람들의 호기심을 충족시키고 즐거움을 주기 위해 이 먼 곳까지 온 유물 몇 개가 전부였답니다. 유색 인종이 모두 처참히 파산한 것인지 아니면 4억 명이 침묵을 강요당한 것인지 모르겠네요. 둘 중 어느 쪽이 더 지독한지도 모르겠고요. 대영제국 박람회는 규모가 엄청나고 사람들로 넘쳐납니다. 박제한 사자에서부터 멸종한 에뮤에 이르기까지 없는 게 없죠. 4억 명에 달하는 유색 인종의 영혼만 빠져 있습니다. 이것이 영국의 무역 박람회입니다. 전 세계를 뒤덮고 있는 유럽인들의 관심사, 그 얄팍한 표층만을 보여줄 뿐 그 아래 존재하는 것에는 전혀 관심이 없습니다. 웸블리에서 열린 이 박람회는 4억 명의 사람이 유럽을 위해 무엇을 하는지, 그리고 한편으로는 유럽이 그들을 위해 무엇을 하는지 보여줄 뿐입니다. 그 4억 명이 자신을 위해 무엇을 하는지는 전혀 찾아볼 수 없죠. 그런 건 대영박물관에서도 찾아보기 어렵습니다. 이 세계 최대의 식민 제국에는 민족지학을 제대로 다루는 박물관이 없습니다…….

하지만 심술궂은 생각이여, 잠시 물러가주렴. 지금은 사람들에게 떠밀려 뉴질랜드산 사과에서 기니산 코코넛으로, 싱가포르산 주석에서 남아프리카 연방산 금광으로 옮겨 다니게 나를 내버려두렴. 다양한 지역의 전시관을 둘러보며 각지의 땅에서 나오는 광물과 과일, 동물과 인간의 특징, 결국에는 부스럭거리는 파운드 지폐를 꺼내게 만드는 모든 것을 그저 구경하게 해주렴. 한 줌의 곡물에서부터 풀먼 객차•에 이르기까지, 석탄 조각에서부터 푸른 여우 털에 이르기까지 이곳의 모든 것이 돈이 되고 모든 것을 사고팔 수 있구나. 나의 영혼이여, 여기 있는 전 세계 보물 가운데 무엇을 사고 싶은가? 아무것도, 정말이지 아무것도 사고 싶지 않구나. 그저 어린아이

• 미국의 철도차량 제작 회사인 풀먼사에서 만든 호화 객차.

로 돌아가 우피체•에 있는 그 옛날 프로우자 씨의 가게에 서서 검은 생강 쿠키와 후추, 생강, 바닐라, 월계수 잎을 보며 그것들이 지상 최고의 보물이라고, 아라비아에서 날아오는 향기의 전부라고, 먼 이국땅에서 오는 향신료가 그곳에 다 있다고 믿기를, 그저 그런 것들에 감탄하며 코를 킁킁거리다가 밖으로 달려 나가 기이하고 먼 곳, 신기한 곳을 다룬 쥘 베른의 소설 한 편을 읽고 싶을 뿐.

왜냐하면 나는, 이 바보 같은 영혼은, 그런 곳들을 다른 모습으로 상상했으니까.

• 체코 흐라데츠크랄로베 지역에 있는 작은 도시로, 차페크가 학창 시절을 보낸 곳.

이스트엔드

런던의 동쪽 끝, 즉 이스트엔드가 시작되는 지점은 세상의 중심인 잉글랜드 은행•과 증권거래소, 다른 여러 은행 및 금융기관이 밀집한 지역에서 멀지 않습니다. 이른바 '황금해안'이 런던 동부의 시커먼 파도와 거의 맞닿아 있는 셈입니다. 웨스트엔드 사람들은 이스트엔드에 "가이드 없이는 절대 가지 말고 돈을 많이 가져가서도 안 된다"라고 하더군요. 이건 확실히 과장입니다. 제가 보기엔 피커딜리나 플리트가••가 아일 오브 도그스•••나 차이나타운••••이 있는 악명 높은 라임하우스, 유대인과 선

• 영국 중앙은행.

•• 영국의 주요 신문사와 잡지사, 출판사가 몰려 있는 지역의 중심 시가.

••• 런던 동부의 삼면이 템스강으로 에워싸인 커다란 반도.

원들이 많이 사는 포플러 인근, 그리고 템스강 건너편의 비참한 로더하이드보다도 더 거친 곳이니까요. 이스트엔드에서 저는 아무 일도 겪지 않았습니다. 그저 무척 서글픈 기분으로 돌아왔을 뿐이에요. 코시르제•••••나 마르세유, 팔레르모 같은 험악한 항구 지역에서도 잘 견뎠는데 말이죠. 음침한 거리가 몇 군데 있더군요. 지저분한 벽돌 건물이 늘어서 있거나 아이들이 모여 있기도 했고, 이상한 중국인들이 훨씬 더 이상한 가게 안으로 혼령처럼 황급히 들어가기도 했으며, 술 취한 선원들과 구호소, 피 딱지가 앉은 청년들이 우글거리고 그슬린 헝겊 냄새가 풍기는 곳도 있었습니다. 하지만 그보다 더한 곳은 빈곤의 절규가 들려오고 염증처럼 불결하게 곪은 곳, 표현할 수 없는 악취가 나고 늑대 우리보다도 더 지독한 소굴들입니다. 그게 다가 아니랍니다. 그게 다가 아니에요. 런던 동부 지역에서 정말 끔찍한 것은 눈에 보이는 광경이나 코로 들어오는 냄새가 아니라 엄청난, 구제할 수 없

•••• 현재는 런던 중심지인 소호 근처에 있지만 제2차 세계대전 때 폭격을 당하기 전까지는 이스트엔드에 있었다.

••••• 프라하 서쪽의 교외 지역.

을 만큼 방대한 빈곤의 규모입니다. 다른 곳에서는 빈곤의 흔적과 보기 싫은 광경이 그저 집들 사이에 쌓아놓은 쓰레기처럼 간간이 눈에 들어오죠. 어느 한 골목이 음침하거나 어딘가에 구멍이 나 있거나 하수구 하나가 지저분하거나 하는 식으로 말예요. 하지만 이곳에는 시커먼 집들, 절망적인 거리들, 유대인 가게들, 넘쳐나는 아이들, 싸구려 술집들, 기독교 보호소들이 끝없이 이어져 있습니다. 페컴에서 해크니까지, 월워스에서 바킹까지 수 킬로미터에 이릅니다. 버먼지와 로더하이드, 포플러, 브롬리, 스테프니, 보, 베스널 그린, 노동자 지구, 유대인 지구, 런던 토박이 또는 부두에서 일하는 항만 노동자들의 지구, 가난하고 희망 없는 사람들이 사는 곳. 하나같이 특징도 없고 시커멓고 밋밋하며 끝이 없을 뿐 아니라 시끄러운 도로들이 지저분한 운하처럼 뻗어 있고 한결같이 우울한 곳. 남쪽이나 북서쪽이나 북동쪽이나 모두 마찬가지입니다. 시커먼 집들이 무한히 늘어서 있고, 그저 거대하고 평평한 공동주택과 공장, 가스탱크, 철로, 메마른 공유지, 상품을 위한 창고와 인간을 위한 창고가 끝도 없이 희망도 없이 거리를 메우고 있죠. 틀림없이 세계 각지에는 이보다 더 흉물스러운 지역, 더 빈곤한 지역이 있을 겁니다. 이곳은 빈곤한 이들도 비교적 수준이 높고 아무리 가난한 걸인도 넝마를 걸치진 않았으니까요. 아, 하지만 런던의 절반이 넘는 이 지역, 거대한 사체에 우글거리는 벌레들처럼 다닥다닥 붙은 채로 런던 지도에 표시되어 있는 수백만 명은 대체 어떤 사람들인가요.

이런 게 이스트엔드의 참상입니다. 너무 거대하다는 것. 그리고 바뀔 여지가 없다는 것. 달콤하게 유혹하는 악마조차도 감히 이렇게 말하지 못할 겁니다. “원한다면 내가 이 도시를 파괴하고 사흘 만에 더 나은 곳으로, 이렇게 시커멓고 기계적이지 않은 곳, 이렇게 비인간적이고 황량하지 않은 곳으로 새로 지어주지.” 이렇게 유혹하는 악마가 있다면 저는 그 앞에 엎드려 그를 숭배하겠습니다. 저는 자메이카나 광둥, 인도, 베이징을 연상시키는 이름을 지닌 거리들을 돌아보았습니다. 모두 똑같더군요. 모든 창문에 작은 레이스 커튼이 달려 있습니다. 그런 집이 오십만 채쯤 되지 않는다면 그럭저럭 괜찮아 보일 수도 있겠죠. 너무 많아서 사람이 사는 집이라기보다는 하나의 지형처럼 보입니다. 이 시커먼 마그마는 공장에서 넘쳐흘렀거나 하얀 배에 실려 템스강을 올라오는 무역선에서 배출되었거나 검댕과 먼지가 층층이 쌓인 것입니다. 옥스퍼드가와 리젠트가, 스트랜드에 가보면 상품을 위해, 생산품과 사물을 위해 인간이 얼마나 멋진 집을 지어놓았는지 모릅니다. 인간의 생산품은 그만한 가치가 있기 때문이죠. 똑같은 셔츠도 이 황량한 잿빛 건물에 놓여 있으면 가치가 떨어질 겁니다. 그런데 사람은 이런 곳에 살 수 있네요. 사람은 이런 곳에서 잠을 자고 맛없는 음식을 먹고 아이를 낳을 수 있네요.

좀 더 박식한 사람이라면 오물조차도 낭만이 되고 빈곤조차도 진기하게 보이는 다른 고풍스러운 곳으로 여러분을 안내하겠지만 저는 수많은 거리를 헤매기만 할 뿐 나가는 길을 찾을 수가 없습니다. 끝없이 이어진 이 시커먼 거리들이 어딘가로 연결되긴 할까요?

시골

기차를 타고 덜컹거리는 소리에 맞춰 노래를 부르며 어디로든 여행을 떠나보세요. "어디로 갈까요. 어디로 갈까요." 창밖으로 수많은 거리가 쏜살같이 지나가고 가스 탱크와 철도 건널목, 공장과 묘지도 빠르게 지나갈 겁니다. 그러다가 어느 순간, 끝나지 않을 것 같던 도시의 풍경 속으로 초록의 벌판이 조금씩 끼어듭니다. 전차의 종착역과 조용한 교외 지역이 나오고, 파릇파릇한 풀과 땅에 고개를 박고 풀을 뜯으며 영원한 자연의 의식을 치르

는 작은 양들도 보일 겁니다. 삼십 분쯤 더 가면 세계 최대의 도시를 완전히 벗어나죠. 누군가가 마중 나와 있다고요? 그럼 그 작은 역에서 내리세요. 이제 잉글랜드 시골에 왔네요.

잉글랜드 시골의 조용하고 푸르른 매력을 묘사할 만한 아름다운 표현은 어디서 찾아야 할까요? 저는 서리로 내려갔다가 에식스로 올라갔습니다. 산울타리가 이어진 길을 걸었죠. 경계 아닌 경계로 잉글랜드를 정말 잉글랜드답게 만들어주는 산울타리가 이곳에도 있었거든요. 반쯤 열린 대문으로 들어가면 숲보다 더 깊은 공원에 오래된 길이 나오고 높은 굴뚝이 있는 작고 붉은 집과 나무들 사이에 들어앉은 교회 첨탑, 초원과 젖소들, 아름답고 진지한 눈을 돌려 사람을 보는 말들, 빗자루로 깔끔하게 치운 듯한 오솔길, 수련과 붓꽃이 피어 있는 융단 같은 연못, 공원, 시골집, 초원, 또 초원이 나타납니다. 밭도, 인간의 고된 노동을 암시하는 무엇도 찾아볼 수 없고, 하느님이 직접 아스팔트길과 흙길을 놓고 커다란 나무를 심고 붉은 집에 담쟁이덩굴로 덮개를 만들어준 낙원만이 보입니다. 체코에서 소작농으로 살고 있는 삼촌, 세상에서 가장 아름다운 초원을 노니는 붉거나 검은 젖소들을 보면 삼촌은 역정을 내고 고개를 저으며 이렇게 말씀하시겠죠. "저 엄청난 똥을 그냥 낭비하다니! 이곳 사람들은 왜 이런 땅에 순무조차 심지 않는 거야? 이봐요, 사람들. 여기에 밀을 심고 저기엔 감자를 심고 여기 이쪽엔 관목 대신 벚나무나 앵두나무를 심을 수 있단 말이오. 나라면 또 여기엔 자주개자리를, 저기엔 귀리를, 여기 이 땅엔 호밀이나 유채 씨를 뿌릴 텐데. 이것 좀 보라니까요. 여기도 흙이 있잖아요. 빵에 발라 먹어도 모자랄 판에 저렇게 그냥 초원으로 남겨두다니!" 삼촌, 여기서는 그런 수고를 할 필요가 없는 것 같아요. 참고로 밀은 호주에서 들여오고 설탕은 인도에서, 감자는 아프리카나 다른 곳에서 가져온답니다. 삼촌, 이제 여기엔 소작농도 없고 정원만 있답니다. 삼촌은 이렇게 말씀하시겠죠. "얘야, 그런 점에서는 우리나라가 더 좋구나. 하다못해 순무라도 심으면 그 과정을 볼 수 있잖니. 그리고 여기서는 젖소나 양을 아무도 돌보지 않는구나. 누가 훔쳐 가지 않는 게 놀라운걸! 아이고, 이런, 어차피 사람은 코빼기도 안 보이네. 저기서 누가 자전거를 타고 있구나. 젠장, 저기 냄새나는 자동차를 탄 사람도 보이고. 그런데 얘야, 여기선 아무도 일을 하지 않는 거냐?"

삼촌께 영국의 경제구조를 설명하기란 쉽지 않겠죠. 어차피 삼촌은 한시라도 빨리 무거운 쟁기를 들고 싶어서 손이 간질거릴 테고요. 잉글랜드의 시골은 일하는 곳이 아니라 감상하는 곳입니다. 공원처럼 푸르고 낙원처럼 아무도 건드리지 않은 곳이죠. 저는 촉촉하게 비가 내리는 날 풀이 자란 서리의 오솔길을 걸었습니다. 곳곳에 금작화가 노란 꽃을 피웠고 듬성듬성한 고사리들 사이로 붉은 헤더가 올라와 있었답니다. 하늘과 둥근 언덕들 말고는 아무것도 보이지 않더군요. 집과 사람은 나무들 사이에 숨어 있고 그 속에서 예쁜 구름이 피어오르며 점심을 준비하는 냄새를 풍겼답니다. 천장에 서까래를 얹은 오래되고 편안한 집이여, 나는 지금 그대를 생각합니다.

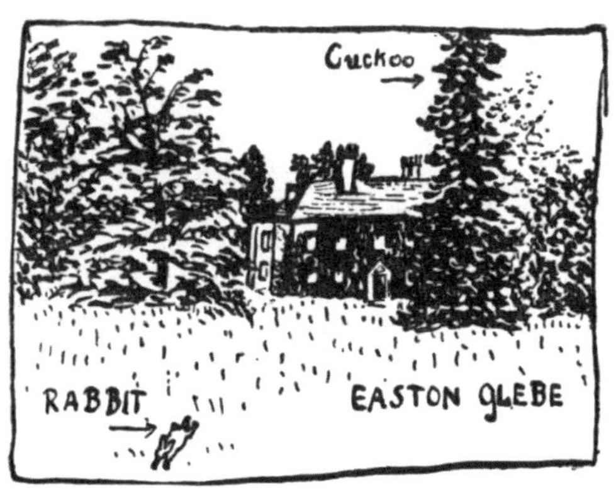

비에 흠뻑 젖은 나그네가 커다란 난로 옆에서 아늑하게 쉴 수 있는 집이여. 탁자는 참나무제요, 점토로 만든 커다란 맥주잔에는 훌륭한 길퍼드 맥주가 가득 담겼으며, 사람들은 잉글랜드 베이컨과 치즈를 사이에 놓고 흥에 겨워 떠들어댑니다. 정말 고맙습니다. 이제 다른 곳에 가봐야 할 것 같네요.

에식스에서는 잔디밭을 요정처럼 돌아다니고, 산울타리를 넘어 영주의 정원에 들어가 시커먼 연못에 떠 있는 온갖 수련을 보았으며, 주인도 모르는 곡물 창고에서 춤을 추고, 교회 첨탑에 올라가고, 하루에도 스무 번씩 이곳 사람들이 얼마나 조화롭고 완벽한 삶을 사는지 감탄했답니다. 잉글랜드의 가정에는 테니스가 있고 따뜻한 물이 있으며, 점심 식사를 알리는 종과 책과 초원이 있고, 수백 년 동안 선별하고 수정하며 명맥을 이어온 안락함과 자유로운 아이들과 가부장적인 부모와 실내복처럼 편안한 환대와 격식이 있습니다. 간단히 말해 잉글랜드의 가정은 너무도 전형적이라 기념물처럼 그림으로 그려보았습니다. 뻐꾸기와 토끼도 넣었답니다. 집 안에서는 세상에서 가장 합리적인 사람이 글을 쓰고 있고, 집 밖에서는 뻐꾸기 한 마리가 서른 번쯤 연이어 뻐꾹거립니다. 잉글랜드에서 가장 좋은 것들에 관한 이야기는 이렇게 마치겠습니다.

케임브리지와 옥스퍼드

얼핏 보면 여느 지방 소도시와 비슷합니다. 그러다 퍼뜩 이런 생각이 들죠. 세상에, 저 고풍스러운 성은 누구 소유일까? 그 성은 바로 안뜰 세 개와 전용 예배당, 학생들이 식사하는 장엄한 식당, 공원, 운동장, 그 밖에 또 무엇이 있을지 모를 기숙사랍니다. 그런 성이 또 있습니다. 훨씬 더 크고 안뜰이 네 개이며 강 건너 공원이 있고 성당과, 고딕 양식으로 지은 훨씬 더 커다란 식당, 500년 된 들보, 오래된 초상화들이 걸린 화랑, 그보다 훨씬 더 오래된 전통과 훨씬 더 유명한 사람들을 자랑하는 곳입니다. 그다음 기숙사는 가장 오래된 성이고, 그다음 기숙사는 장학금으로 유명하며, 그다음은 체육 기록으로, 그다음은 가장 아름다운 예배당으로, 그다음은 뭔가 다른 걸로 유명합니다. 그런 기숙사가 적어도 열다섯 개쯤 되

니 헷갈릴 수밖에요. 어쨌든 이곳에는 수직 양식의 성 같은 건물과, 검은 가운과 술이 달린 사각모자 차림으로 커다란 안뜰을 느긋하게 돌아다니는 남학생들이 가득합니다. 그들은 제각기 이런 성의 부속 건물에 있는 방을 두세 개씩 차지하고 있고요. 개신교에 점령당한 고딕 양식의 예배당들과 연회장도 보입니다. 이런 연회장에는 '석사들'과 '특별 연구원들'이 오르는 연단과, 그곳에 올랐던 귀족이나 정치인, 시인들의 오래되고 그을린 초상화가 있답니다. 그 유명한 '백스', 즉 캠강 위로 솟아 있는 학교들의 뒤쪽 풍경과 오래된 대학의 정원들로 이어지는 다리들도 보입니다. 저는 배를 타고 백스 지역과 대학

정원들 사이로 온화하게 흐르는 강을 따라가며 우리나라 학생들을, 그들의 홀쭉한 배와 강의실로 뛰어다니느라 해진 신발을 떠올려봅니다. 케임브리지여, 그대에게 허리 숙여 인사합니다. 그대 덕분에 꿈에서나 볼 수 있는 커다랗고 유서 깊은 연회장의 연단 위에서 학식 있는 '석사들'과 함께 식사하는 영광을 누렸으니까요. 케임브리지여, 두 팔 들어 그대에게 인사합니다. 학생들과 석사들, 다른 젊은이들과 함께 하프문 여관에서 도자기 접시에 내온 음식을 먹으며 즐겁고 행복한 시간을 보냈으니까요.

'석사'만 걸을 수 있고 '학부생'은 절대 걸을 수 없는 잔디밭과, '석사 이상'만 당구를 칠 수 있고 '학생'은 절대 당구를 칠 수 없는 계단참도 보았죠. 토끼털 옷과 바닷가재처럼 붉은 가운을 걸친 교수들도 보았어요. 석박사생들이 무릎을 꿇고 부총장의 손에 입맞춤하는 광경도 보았고요. 굉장한 경험을 많이 했지만 제게 최소한 아버지 피트•만큼 오래된 듯한 셰리 한 잔을 따라준 덕망 높은 어느 단과대 학장만 간신히 그렸답니다.

• 영국의 정치가인 제1대 채텀 백작 윌리엄 피트(1708~1778).

하지만 이후 케임브리지의 여러 칼리지가 연이어 꿈에 나오는 바람에 기억을 더듬어 좀 더 그려보았습니다. 실제로는 전부 다 훨씬 더 크고 아름답답니다.

케임브리지 토끼도 가끔 꿈에 나오더군요. 토끼에게 어떤 가스를 주입하고 비장이 어떻게 반응하는지 알아보는 실험을 하고 있었거든요. 저는 토끼가 죽는 모습을 보았답니다. 미친 듯이 숨을 몰아쉬었고 눈이 튀어나왔죠. 지금도 꿈에 자주 나옵니다. 귀가 큰 이 영혼에게 부디 신의 은총이 있기를.

옥스퍼드는 어떻게 깎아내려야 할까요? 케임브리지를 한참 칭송했으니 옥스퍼드까지 칭송할 수는 없잖아요.

케임브리지와의 우정을 생각하면 거만한 옥스퍼드에게 포화와 유황을 퍼부어야 마땅하죠. 안타깝게도 저는 옥스퍼드가 좋았답니다. 옥스퍼드의 학교들이 훨씬 더 크고 아마 훨씬 더 오래되었을 겁니다. 아름답고 조용한 공원들과, 케임브리지에 못지않게 유명한 조상들의 초상이 걸린 화랑, 연회장, 기념비, 그리고 점잖은 짐꾼도 있었습니다. 하지만 이 모든 장식과 전통은 모두를 위한 것이 아닙니다. 그곳의 목적은 학식 있는 전문가를 양성하는 것이 아니라 신사나 귀족을 양성하는 것인 듯합니다. 우리 학생들이 하다못해 발렌슈타인 홀•에서 묵직하고 오래된 은제 식기로 제복 차림의 웨이터들이 내주는 점심

• 17세기 독일의 역사와 삼십년전쟁에서 중요한 역할을 한 보헤미아 출신의 알브레히트 폰 발렌슈타인 장군(1583~1634)을 기리는 프라하 발렌슈타인 궁전의 주요 홀.

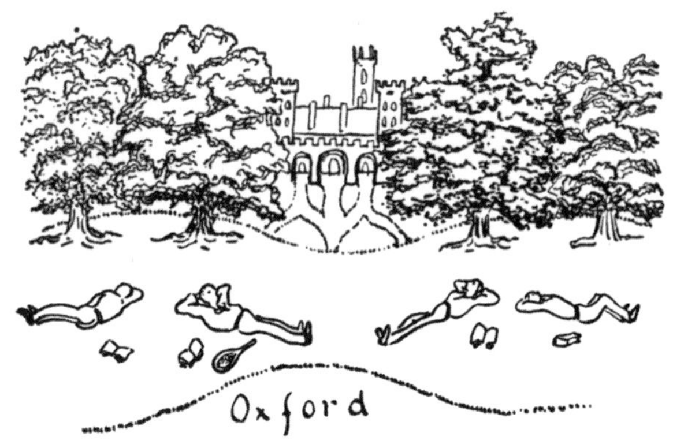

을 먹고 온갖 종류의 안락의자와 흔들의자, 팔걸이의자가 갖춰진 강의실에서 개인 지도자들의 도움을 받아 시험을 준비한다고 상상해보세요. 아니, 상상하지 않는 편이 좋겠네요.

대성당이 있는 소도시를 성당 도시라고 부릅니다. 아주 긴 예배가 열리고 예배당지기가 다가와 관광객들에게 천장과 기둥은 그만 구경하고 회중석에 앉아 성단소에서 울려 퍼지는 노래를 들으라고 명령하는, 그런 대성당 말예요. 일리와 링컨, 요크, 더럼의 예배당지기들은 이런 일을 합니다. 다른 곳의 예배당지기들은 무슨 일을 하는지 모르겠네요. 다른 곳에는 가본 적이 없거든요. 저는 온갖 연도(連禱)와 기도, 성가, 찬송가를 들으면서 몇 가지를 깨달았습니다. 잉글랜드의 성당들은 대부분 천장이 목재로 되어 있기 때문에 유럽의 고딕 양식 건물에 있는 부벽이 없습니다. 또한 잉글랜드의 수직 양식 기둥들은 복잡한 배관처럼 보입니다. 신교의 예배당지기들은 구교의 예배당지기들보다 더 엄격하며 이탈리아 예배당지기들과 마찬

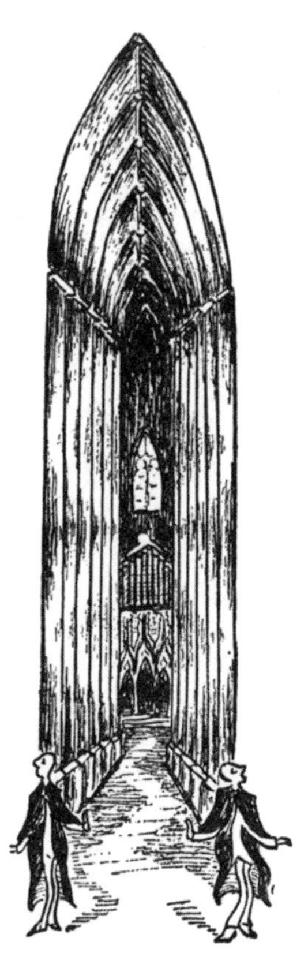

가지로 주로 팁에 의지해 살아가지만, 이곳에선 그들도 신사이니 틀림없이 팁을 더 많이 받을 겁니다. 그리고 종교개혁 당시 동상들의 머리가 잘리고 그림들과 다른 이교도 우상들이 예배당에서 치워지며 성당들이 망가졌다는 사실도 깨달았답니다. 이 때문에 잉글랜드 성당들은 아무도 살지 않는 집처럼 휑하고 기이합니다. 그뿐만 아니라 중앙 신도석 한가운데에는 성직자와 보좌역, 교구의 최상류층을 위한 별도의 성단소가 있습니다. 나머지 사람들은 그 아래 앉기 때문에 성단소를 에워싼, 무늬가 새겨진 벽면과 오르간의 뒷면 말고는 아무것도 보지 못합니다. 결국 중앙 신도석은 제구실을 하지 못하고 전체 공간은 양분되어 있습니다. 이렇게 부조리한 광경은 평생 처음 보네요. 그나저나 성단소에서 아직도 노래가 나오고 있으니 저는 그만 짐을 챙겨 나가야겠습니다.

일리, 일리, 라마 사박다니!• 일리여, 로마네스크 양식의 성당 발밑에 죽은 듯 엎드려 있는 도시 일리여, 어찌

• 성경에서 예수가 외친 "엘리 엘리 라마 사박다니"에 빗댄 말장난으로, 원래 의미는 '나의 하느님, 나의 하느님, 어찌하여 나를 버리셨나이까'다. 〈마태복음〉 27장 46절 참조.

하여 나를 버리셨나이까. 저는 오후 5시에 피곤하고 갈증이 나서 찻집과 술집, 바, 신문 가판대, 문구점 할 것 없이 온갖 상점의 문을 두드렸지만 전부 거절당했답니다. 오후 5시에 일리는 잠을 자고 있네요. 안타깝게도 오후 3시나 오전 10시의 일리는 어떤지 알아볼 시간이 없었습니다. 그때도 자고 있을지도 모르죠. 저는 이번에도 소똥들이 나뒹구는 공원에 앉아 저편에서 하느님을 찬양하는 고색창연한 성당을 바라보았습니다. 첨탑들 주위로 모여드는 갈까마귀들은 아마도 살아 있을 때 성당에서 관광객들을 졸졸 따라다니던 예배당지기들의 영혼일 겁니다.

링컨에는 작은 언덕이 하나 있고 작은 성 하나와 성당 하나가 있습니다. 로마인들이 남겨놓았다는 무언가도 있는데, 그게 뭔지는 잊어버렸네요. 성당은 백발처럼 하얗게 셌고 아름답지만, 노래와 함께 예배가 진행되는 동안 예배당지기 세 명이 매섭게 저를 노려보고 있습니다. 어쩌겠어요? 안녕히 계십시오, 예배당지기들. 저는 요크를 보러 떠나겠습니다.

요크의 성당인 요크 민스터는 한층 더 아름답습니다. 둘러보고 싶지만 예배당지기가 잠시 후 예배가 시작되니 그만 나가달라고 하네요. 저는 성벽을 따라 걸으며 예배

가 한창인 요크 민스터를 그렸답니다. 어쩌면 이 때문에 영국 지옥에 떨어질지도 모르겠네요. 성당 주변에는 육중한 젖소들과 그 유명한 돼지들이 가득한 예쁜 요크셔 풍경이 펼쳐져 있습니다. 이곳은 잉글랜드 햄과 베이컨의 중심지니까요. 유서 깊고 사랑스러운 요크의 거리에는 박공지붕과 검은 서까래들이 튀어나와 있습니다. 요크의 역사에 관해서도 할 얘기가 많지만 더럼에도 가봐야 합니다.

더럼의 오래된 성당은 높은 암석 위에 우뚝 서 있습니다. 역시 안에서는 설교와 노래가 어우러진 예배가 한창이고 예배당지기들도 있습니다. 그래도 덕망 높은 비드•

• 앵글로색슨 시대의 위대한 신학자 겸 역사가 비드(673?~735).

의 묘와 육중한 기둥과 회랑, 소풍을 즐기는 예쁜 미국인 여자들까지 보았답니다. 기둥들은 세로 홈 장식이 촘촘하게 나 있어 마치 여러 색으로 이뤄진 듯 기이한 착시 효과를 냅니다. 이 밖에도 성 커스버트•의 묘와 오래된 성, 오래된 석조 가옥들, 예쁜 시내가 언덕 사이로 펼쳐져 있습니다. 제가 아는 건 여기까지입니다.

정리하면 잉글랜드의 성당 건물은 전체적으로 유럽의 건축물에 비해 색채와 조형이 두드러지지 않습니다. 노르만 양식이 도입되기 전에 영국인들은 목재 천장과 함께 커다란 회중석을 짓는 데 성공했고, 오랜 보수주의에 힘입어 이를 고딕 시대까지 보존했습니다. 또한 영국의 예배당들은 널찍한 창문이 달린 커다란 홀과 궁륭으로 이뤄져 있을 뿐 보벽이나 지하 묘지, 작은 첨탑 등의 현란한 조형은 딱히 눈에 띄지 않습니다. 입구 양옆으로 네모난 탑 두 개가 솟아 있고 익랑••에도 하나가 있습니다. 종교개혁이 동상들을 모조리 쓸어버렸고 조각 장식도 부실하며 내부 공간은 성단소와 오르간이 망쳐버렸고 예배

• 앵글로색슨 시대의 성인 커스버트(634~687).

•• 십자형의 평면에서 본당과 직교되어 설치되는 복도.

당지기들 때문에 전반적인 인상도 좋지 않습니다.

하지만 성가대도 예배당지기도 없는 작은 교회들에 대해서도 한마디 해야겠네요. 이런 곳은 천장이 참나무

목재로 덮여 있고 전체 공간은 밋밋하고 서늘하며 주변에는 잔디가 깔린 묘지가 있고 나무들 사이로 네모난 탑이 솟아 있습니다. 우리나라 시골에서 양파처럼 둥근 지붕을 자주 볼 수 있듯이 잉글랜드 시골에서는 이런 탑을 자주 볼 수 있답니다. 그리고 영원히 변치 않는 죽은 자들의 무덤 위에서 영원히 변치 않는 기이한 종소리로 매번 시간을 알리는 탑들도 있습니다.

스코틀랜드 여행

에든버러

이제 북쪽으로, 북쪽으로 가보겠습니다! 다양한 지역이 지나갑니다. 어떤 곳에서는 젖소들이 누워 있고 다른 곳에서는 젖소들이 서 있습니다. 어떤 곳에서는 양들이 풀을 뜯고 있고 다른 곳에서는 말들이 풀을 뜯고 있으며 어떤 곳에는 까마귀만 잔뜩 있습니다. 잿빛 바다와 바위, 늪이 나타납니다. 산울타리가 사라지고 낮은 돌담이 보입니다. 돌담, 돌로 이뤄진 마을, 돌로 이뤄진 도시. 트위드강•을 건너자 온통 돌의 세상입니다.

제임스 본•• 선생은 에든버러가 전 세계에서 가장 예

• 잉글랜드 북부와 스코틀랜드의 경계를 가로질러 동쪽으로 흐르는 강.

•• 33년 동안《맨체스터 가디언》의 런던 특파원으로 일한 영국의 저널리스트 제임스 본(1872~1962).

쁜 도시라고 했는데, 어느 정도는 맞는 말인 것 같네요. 잿빛 돌로 이뤄진 예쁘고 특이한 곳입니다. 다른 도시에서는 강이 흐를 법한 곳에 철로가 있고, 철로를 중심으로 한쪽은 구시가, 건너편은 신시가입니다. 도로는 그 어느 곳보다도 넓고, 어딜 가나 동상이나 예배당이 있으며, 구시가에는 잉글랜드에서는 볼 수 없는 아주 높은 집들이 있습니다. 거리마다 빨랫줄이 걸려 있고 빨래들이 만국기처럼 나부낍니다. 역시 잉글랜드에는 없는 것이죠. 머리카락이 붉은 꼬질꼬질한 아이들이 길에서 놀고 있는데, 역시 잉글랜드에서는 볼 수 없는 풍경입니다. 대장간과 가구장이, 온갖 종류의 십장이 있는데, 역시 잉글랜드에는 없는 것들입니다. '와인드' 또는 '클로스'라는 기이하고 좁다란 골목이 있는데, 이 역시 잉글랜드에는 없고요. 잉글랜드에는 없는 뚱뚱하고 지저분한 할머니들도 보입니다. 이곳 사람들은 나폴리나 우리 체코 사람들처럼 새로 시작하는 중이거든요. 이상한 점은 제가 그린 그림에서 볼 수 있듯이 이곳의 오래된 집에는 굴뚝들이 마치 탑을 대신하듯 앞쪽에 있다는 겁니다. 에든버러 말고는 세계 어디에서도 볼 수 없는 풍경이죠. 또한 작은 언덕들이 도시를 가득 메우고 있습니

다. 어딘가로 황급히 가다가도 문득 발아래서 초록색 골짜기와 예쁜 강을 발견하게 됩니다. 산책을 하다보면 뜬금없이 머리 위로 다리가 나타나고 그리로 길이 나 있기도 하죠. 제노바•처럼 말예요. 또 걷다보면 파리에서처럼 깔끔한 원형 광장이 나오기도 합니다. 늘 놀라운 무언가를 마주치게 되죠. 의회 건물 앞에 가보면 몇백 년 전과 똑같이 꼬리 두 개를 늘어뜨린 가발을 쓰고 돌아다니는 변호사들을 볼 수 있답니다.•• 수직으로 솟은 바위 위에 그림처럼 서 있는 성을 보러 가는 길에서는 백파이

• 이탈리아 리구리아주의 주도이자 항구도시.

•• 현재 스코틀랜드 국회의사당은 1998년 스코틀랜드가 300여 년 만에 의회 독립을 이룬 이후에 새로 건립되었고, 1707년 연합법의 제정으로 스코틀랜드 의회가 영국 의회에 편입되면서 의회 건물은 주로 법원으로 사용되었다.

프 연주자들과 하일랜드* 사람들을 마주치게 됩니다. 이들은 격자무늬 바지를 입고 리본 달린 모자를 쓰고 있지만 백파이프 연주자들은 붉은색과 검은색 격자무늬로 된 짧은 킬트**를 입고 그 위에 작은 가죽 주머니를 매단 채 북 치는 고수들과 함께 염소 울음소리와 비슷한 활기 넘치는 음악을 연주합니다. 고수들은 머리 위로 북채를 던져놓고 껑충껑충 원을 그리며 이상하고 야만적인 춤을 추고, 백파이프 연주자들은 군가를 연주하며 무릎을 드러낸 다리를 발레리나처럼 좁은 보폭으로 움직여 성의 산책로를 행진하죠. 둥, 둥, 북채들이 빠르게 회전하며 서로 교차해 하늘 높이 날아오릅니다. 그러다 갑자기 장례

- * 스코틀랜드의 산악 지대.
- ** 스코틀랜드 남자들이 전통적으로 입는 스커트형 하의.

행렬이 된 듯 백파이프 연주자들이 끝을 길게 빼는 가락을 연주하고, 하일랜드 사람들은 스코틀랜드 왕들이 살았던 성과 피로 얼룩진 이 나라의 처절한 역사를 등진 채 차렷 자세로 섭니다. 둥, 둥, 북채들이 머리 위에서 요란하고 능란하게 춤을 춥니다. 이곳에서는 원시시대에 그랬듯 음악이 여전히 중요한 볼거리입니다. 백파이프 연주자들은 금방이라도 전장에 달려 나갈 듯 종마처럼 흥분한 채 공기를 가득 마셔 몸을 잔뜩 부풀리죠.

이곳은 다른 나라, 다른 민족입니다. 같은 나라의 한 지방이지만 그 자체로 기념물과도 같습니다. 더 가난하지만 활기 넘치고, 적갈색 머리카락과 각진 외모가 많지만 여자들은 잉글랜드보다 더 예쁩니다. 칼뱅주의에도 불구하고 아름다운 코흘리개 아이들과 강건하고 남자다운 삶의 방식이 남아 있습니다. 저는 이곳이 꽤 마음에 드네요. 리스•와 뉴헤이븐•• 인근의 바다와 차가운 은빛의 바다, 유물 같은 푸른 조개류, 낚싯배들의 인사도 기꺼이 전하겠습니다. 유서 깊고 고풍스러우며 아름다운

• 스코틀랜드 동남부 포스만에 면한 항구.

•• 에든버러의 항구.

작은 도시 스털링과 그곳에 있는 스코틀랜드 왕들의 성에도 가보려 합니다. 이 성은 곶에 올라앉아 있고, 그곳에 있는 오래된 대포 옆에 서면 스코틀랜드의 많은 산이 손안에 들어오거든요. 저와 함께 가보면 어떨까요?

체크무늬 킬트를 입은 발레리나 한 명이 총검을 들고 성 앞에서 주춤거립니다. 문 앞으로 열 걸음, 뒤로 다시 열 걸음, 차려, 받들어총, 세워총. 발레리나가 짧은 치마를 흔들고 춤을 추며 후퇴합니다. 남쪽에 있는 로버트 브루스•의 전장까지, 북쪽의 푸른 산까지. 그 아래 푸른 초원에는 포스강이 전 세계 어느 강과도 다르게 구불구불 흘러갑니다. 이 아름답고 흡족한 강을 모두가 볼 수 있도록 그려보았어요.

• 제1차 스코틀랜드 독립 전쟁을 이끈 스코틀랜드의 기념비적인 왕 로버트 1세(1274~1329).

테이호

제가 카렐 토만[•]이나 오토카르 피셰르[••] 같은 시인이었다면 오늘은 짤막하고 아름다운 시 한 편을 써드렸을 겁니다. 스코틀랜드의 호수들을 노래한 그 시에는 스코틀랜드의 바람이 가득 담기고 날마다 내리는 스코틀랜드의 빗방울도 맺혀 있겠죠. 푸른 물살과 히스, 고사리, 쓸쓸한 오솔길 얘기도 조금 들어 있을 테고요. 이 쓸쓸한 오솔길에 (아마도 마녀들이 함부로 들어와 춤추지 못하게 하려고) 울타리가 둘러쳐져 있다는 사실은 굳이 넣지 않았을 겁니다. 이런 눈부신 아름다움을 저는 조야한 산문

• 체코의 서정시인 카렐 토만(1877~1946).

•• 체코의 극작가, 시인, 비평가 오토카르 피셰르(1883~1938). 프라하 국립극장에서 차페크의 마지막 연극들을 연출했다.

으로 전할 수밖에 없네요. 벌거숭이 언덕들에 에워싸인 푸른빛과 보랏빛의 호수(이 호수의 이름은 로흐• 테이이며, 이곳의 계곡들은 모두 이름이 글렌이고 산들은 모두 벤, 인간들은 맥이랍니다), 푸르고 평화로운 호수와 수면 위에 반짝임을 흩뿌리는 바람, 들판을 수놓은 털이 검은 황소들과 붉은 황소들, 호수로 흘러드는 시커먼 물살, 애처로울 만큼 황량한 언덕과 웃자란 풀과 히스가 무성한 황무지. 이 모든 것을 어떻게 묘사해야 할까요? 결국 시로 노래하는 것이 가장 좋겠지만 '바람'과 운이 맞는 표현이 도통 떠오르지 않네요.

엊저녁에 저는 바로 그 바람을 타고 핀라리그성••으로 날아갔거든요. 나이 지긋한 성의 안내원이 하필 그때 과거의 처형장을 청소하다가 저를 유령으로 착각했는지 기겁하더군요. 간신히 마음을 가다듬은 그는 방금 말한 이 처형장에 관해 아주 열정적으로, 이상한 사투리를 써가며 장황하게 설명해주었습니다. 그곳에는 구멍이 하나

• '호수'를 뜻하는 스코틀랜드 게일어.

•• 1629년 테이호 인근에 지어진 성으로, 북쪽 성벽 옆에 있는 돌을 덧댄 구덩이가 귀족 죄수들의 참수형에 사용되었다는 전설이 있다.

있는데, 죄수를 처형하면 잘린 머리가 그 구멍을 지나 지하로 떨어진다는 겁니다. 제가 보기에 지하 공간은 오물통과 비슷하고 그 구멍 역시 피와는 상관없는, 지극히 자연스러운 생리 현상을 처리하는 데 썼을 법도 한데 말이죠. 옆에 있던 미국인도 이곳을 보고 다 거짓말이라는 듯이 회의적인 미소를 지었답니다. 하지만 미국인들은 원래 구세계의 비밀들을 비딱하게 보잖아요. 안내원 할아버지는 자신이 지키는 성에 유별난 자긍심을 보였습니다. 온갖 종류의 나무와 오래된 편자와 돌 따위를 가리키며 메리 스튜어트 여왕과 발로호부이호 후작과 스코틀랜드 역사에 관해 게일어인 듯한 언어로 어찌나 길고 장황하게 설명하던지요. 동상이 있는 방도 있었답니다. 메리 여왕과 캠벨이라는 기사, 여왕의 광대 동상 가운데 이 마지막 동상을 그려보았습니다.•

• 실제로 핀라리그성에는 동상이 없으며, 발로호부이호 후작도 실존 인물이 아닌 것으로 보인다.

굉장히 특이한 동상이 또 하나 있는데, 안내원 할아버지에 따르면 입이 거친 여인을 표현한 것이라고 하네요. 고대 민요에 등장하는 인물인 것 같습니다. 이 여인이 도를 넘어서자 보안관은 피해자들이 모두 공개적으로 그녀의 등을 때리게 하는 벌을 내렸는데, 문제의 동상은 그 광경을 묘사한 것이라고 합니다. 이 부분에서 저는 지역 당국과는 생각이 다릅니다. 이 동상은 이야기 속에 등장하는 보안관이나 입이 험한 여인보다, 아니 핀라리그성 자체보다도 더 오래돼 보이거든요. 고대의 무엇, 이를테면 지옥에서 저주받는 자의 고통 따위를 표현한 게 아닐까 싶습니다. 마침 제가 그 동상을 정성스레 그려놓았네요.

스코틀랜드 부부를 그리는 데도 성공했답니다. 스코틀랜드 사람들은 대개 체격이 크고 얼굴이 발그레하며 목이 굵습니다. 자녀가 많고 그럴듯한 고대의 성(姓)도 갖고 있죠. 군인이거나 백파이프 연주자라면 치마, 즉 '킬트'만 입습니다. 이곳에서 즐겨 입는 격자무늬를 '타탄'이라고 부르고 이는 문장(紋章)으로 쓰이기도 합니다. 가문마다 타탄의 색이 다르기 때문에, 당연히 한 때는 그것이 다른 격자무늬 가문을 서로 죽이기에 충분한 이유가 되었답니다.

스코틀랜드의 일요일은 잉글랜드의 일요일보다 훨씬 더 지독합니다. 게다가 스코틀랜드의 예배는 무한함이 무엇인지 확실하게 보여주죠. 목회자들은 뻣뻣한 수염을 길렀고 잉글랜드의 성직자들처럼 얼굴이 발그레하고 온화하지 않습니다. 스코틀랜드 전역에서 일요일에는 기차 운행이 중단되고 역들도 문을 닫습니다. 정말이지 일요일에는 아무 일도 일어나지 않는답니다. 시계들도 멈추지 않는 게 놀라울 지경이라니까요. 오직 바람만이 벌거숭이 언덕들에 에워싸인 창백한 은빛 호수를 간질입니다. 저는 어느 호수에서 배를 탔다가 호숫가에 좌초되고 말았죠. 잠시 펜을 내려놓고 철조망이 쳐진 쓸쓸한 오솔길을 걷기도 했습니다.

*

잿빛 하늘 아래 펼쳐진 다른 모습의 스코틀랜드도 보았습니다. 돌로 지은 폐가들이 늘어선 길고 침울한 골짜기, 언덕을 따라 이어진 나지막한 돌담, 수 킬로미터를 걷고 또 걸어야 돌집이 한 채 나올까 말까 한 광경이죠. 그런 집에도 사람이 살고 있는 것 같더군요. 군데군데 손가락만 한 작물이 자라난 귀리 밭이 있었거든요. 그것 말고는 고사리와 돌, 이끼처럼 뻣뻣한 풀만 가득했답니다. 양치기도 없이 양들만 매 울며 언덕을 어슬렁거리는 곳도 있고 새 한 마리가 구슬프게 울어대는 곳도 있습니다. 저 아래서는 울퉁불퉁한 참나무들 사이로 도차드강이 시커멓고 누런 거품을 내며 요란하게 흘러갑니다. 이상하고 거친 곳, 선사시대와도 같은 곳입니다. 언덕 위에는 구름들이 잔뜩 모여 있고 아직 인간의 손에 길들여지지 않은 우울하고 텅 빈 지역을 비의 장막이 가리고 있습니다. 그리고 저 아래로 시커먼 도차드강이 시커먼 돌들 위를 요란하게 흘러갑니다.

"비노리, 오, 비노리"•

호수의 여신이여, 내게 비와 햇살을 내려주는 저 하늘 아래, 인적 드문 언덕들에 에워싸인 테이호를, 그 쓸쓸한 잿빛과 푸른빛의 호수를 건너게 해주오. 작은 배여, 테이호의 반짝이는 비단 위로 나를 건네주오.

붉은 우편 마차여, 초록의 골짜기들 가운데 가장 푸르른 골짜기로, 울퉁불퉁한 나무로 뒤덮인 골짜기와 강물이 거품을 내며 흘러가는 골짜기로, 텁수룩한 양들의 골짜기와 북유럽의 풍요가 흐르는 골짜기로 나를 데려가주오. 은빛 사시나무여, 잠깐 멈춰주오. 구불구불 뻗은 참나무와

• 여러 나라에서 철자와 내용이 조금씩 변형되어 재탄생했으나 대개는 질투에 눈이 먼 두 자매의 복수를 노래하는 스코틀랜드의 오래된 민요 〈두 자매〉의 후렴이며, 이 후렴이 제목으로 간주되기도 한다.

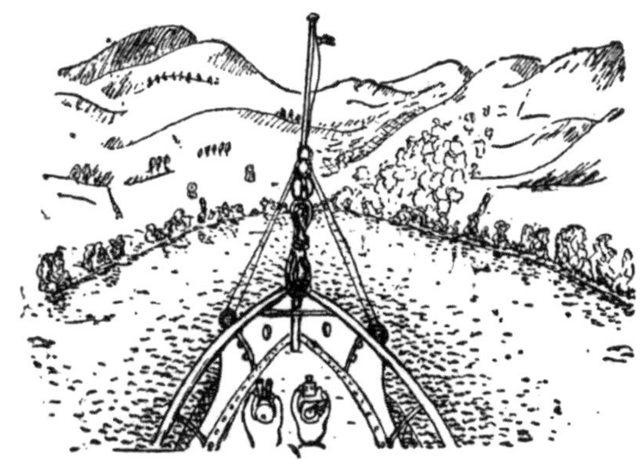

시커먼 소나무와 단단한 오리나무여, 잠깐 그대로 있어주오. 눈빛이 야성적인 젊은 여인이여, 잠깐 기다려주오.

아니, 아니, 덜컥거리는 기차여, 시커먼 산들을 지나 북쪽으로, 북쪽으로, 그대가 나를 데려가주오. 초록의 언덕 위로 시퍼렇게, 시커멓게 솟아 있는 산들과 털이 붉은 젖소들이 있는 골짜기를 지나고, 밝고 어두운 초록의 이파리들과 유리 같은 호수들과 북유럽의 아름다운 자작나무 숲도 지나, 끝없이 이어진 우아한 벌거숭이 언덕들과 그 사이에 펼쳐진 크고 작은 계곡들, 풀이 무성하게 자란 협곡들과 적갈색 헤더로 뒤덮인 산비탈들, 북부의 아름다운 초원들과 커다란 자작나무들을 지나고, 수면이 칼날처럼 번쩍거리는 북쪽 바다도 지나 나를 데려가주오.

어느새 인버네스•에 왔습니다. 송어와 하일랜드 사람들이 사는 이 작은 도시는 온통 분홍빛 화강암으로 지어졌네요. 반듯한 마름돌을 쌓아 만든 이곳 가옥들을 그려보았습니다. 현관 위에 있는 작은 지붕은 인버네스에서만 볼 수 있는 특징입니다.

이제 산으로 가볼게요. 이 시골의 심연, 게일어의 영역이죠. 아, 이렇게 처량하고 지독한 풍경은 난생처음 봅니다. 이곳에도 벌거숭이 언덕들이 있지만 유난히 높고 유난히 아찔합니다. 못 자란 자작나무 말고는 아무것도 보

• 스코틀랜드 하일랜드 지방의 중심지.

이지 않네요. 어느새 그마저도 사라지고 질척거리는 시커먼 토탄 위에서 성 이반의 수염이라 불리는 늪지의 황새풀만 자라고 있습니다. 어느새 그마저도 사라지고 돌과 억척스러운 골풀만 보이네요.

듬성듬성 잿빛 맨살이 드러난 언덕 위로 구름이 모여들어 비를 뿌리고, 시커먼 바위들 위로 연무가 피어오릅니다. 그 사이로 보이는 우울한 협곡은 개의 울부짖음만큼이나 처량하네요. 수 킬로미터를 가고 또 가도 집 한 채, 사람 한 명 보이지 않습니다. 어쩌다 집 한 채가 스쳐가도 바위와 똑같은 잿빛의 형상이고 그 주위는 저 멀리까지 아무것도, 정말 아무것도 없이 황량합니다. 호수에도 낚시꾼은 없고 냇물에도 수레국화는 없으며, 양들이 있어도 양치기는 없고 길에도 나그네는 없습니다. 그나마 가장 풀이 많은 골짜기에서 텁수룩한 스코틀랜드 황소들이 풀을 뜯거나 비를 맞고 서 있거나 늪지에 누워 있을 뿐입니다. 아마도 그래서 털이 텁수룩하게 자랐겠죠. 그 황소들을 그려보았습니다.

스코틀랜드의 양은 양모 조끼에 완전히 뒤덮였고 얼굴에는 시커먼 가면을 쓴 것 같습니다. 돌보는 이는 없고 황량한 산비탈을 따라 둘러쳐진 나지막한 돌담만이 인간

의 존재를 표시합니다. '이 돌담까지가 나의 목초지'라는 뜻이겠죠.

그마저도 사라지고 양이나 황소도, 사유지의 표시도 없이 폐가 한 채와 이끼 끼고 질척거리는 갈색 산비탈에 쌓아놓은 퇴비 더미만 보입니다. 생명이 끝나버린 곳. 아마도 이곳에선 만년 동안 아무 일도 일어나지 않았을 겁니다. 사람들이 길을 내고 철로를 놓았건만 이곳의 땅은 변하지 않았습니다. 나무나 덤불은 없고, 차디찬 호수와 쇠뜨기, 고사리, 끝없이 펼쳐진 갈색 히스, 끝없이 펼쳐진 시커먼 암석들, 잉크처럼 새까만 산봉우리들을 실처럼 수놓은 은빛의 물줄기들, 검고 질척한 토탄, 벌거숭이 산마루들 사이에서 뿌연 아지랑이를 피워 올리는 협

곡들, 칙칙한 골풀이 있는 또 다른 호수, 새 한 마리 보이지 않는 수면, 사람 한 명 보이지 않는 땅, 알 수 없는 초조함, 목적 없는 길이 있을 뿐입니다. 제가 찾으려 한 것이 무엇인지 몰라도 어차피 이곳엔 고독이 가득합니다. 사람 사는 세상으로 돌아가기 전에 이 거대한 슬픔을 한껏 들이마시며 충족되지 않은 영혼에 고독을 담아보세요. 이곳의 황량함보다 더 거대한 것은 어디에도 없을 테니까요.

사람들에게 이끌려 저는 계곡으로 향합니다. 산마루 위에는 금작화가 노란 별빛을 흩뿌려놓았고 난쟁이 소나무는 잔뜩 웅크리고 있으며 땅딸막한 자작나무는 화강암 잔해를 움켜쥐고 있습니다. 계곡에서는 시커먼 물줄기가 빠르게 흘러가고 소나무 숲도 펼쳐져 있네요. 철쭉과 붉은 디기탈리스에는 보라색 꽃이 흐드러져 있고 자작나무와 스위스 잣나무, 참나무, 오리나무, 북유럽 원생지, 허리까지 오는 고사리와 향나무 원시림도 보입니다. 구름 사이로 태양이 고개를 내밀자 산봉우리 사이로 깊숙이 들어온 바다 한 조각이 저 아래서 반짝거립니다.

테라 히페르보레아•

이제 스카이(Skye)라는 지역에 왔습니다. 말 그대로 '하늘(sky)'이라는 뜻이지만, 그렇다고 이곳이 천국은 아닙니다. 헤브리디스 제도••의 여러 섬 가운데 피오르와 토탄, 바위, 산봉우리가 가득한 크고 기이한 섬일 뿐이죠. 푸른빛과 금빛의 자갈들 사이에서 색색의 조가비를 줍고 하늘이 특별한 은총을 내려주신 덕분에 야생 엘크의 똥도 보았습니다. 엘크는 켈트의 물의 정령들에게는 젖소와 같은 존재입니다. 산비탈에서는 물에 흠뻑 젖은 스펀지처럼 물이 스며 나오고 강둑의 헤더가 발목을 붙

• 그리스어로 '북풍 너머의 땅'이라는 뜻. 고대 그리스에서는 인간이 닿을 수 없는 이곳에 언제나 햇살이 비치는 땅이 있으며, 그곳에 축복받은 종족이 살고 있다고 믿었다.

•• 스코틀랜드 서쪽의 열도.

잡네요. 하지만 이곳에서는 라세이섬과 스칼파이섬, 룸섬과 에그섬이 보이고 펜 나 칼리히와 스쿠르 나 파나흐키히, 레흐간 니안 안 티시오살라이히, 드르윕 난 클레오흐그 같은 이상한 고대 이름을 지닌 산도 볼 수 있습니다. 사실 이런 벌거숭이 언덕들은 블라벤, 간단히 블라벤이라고 부릅니다. 여기 이 개울은 간단히 안 레이어 모르라고 부르고 저쪽의 작은 만은 아주 간단히 스론 아트 아물라이히라고 부릅니다. 이뿐만 아니라 이곳의 모든 이름이 스카이섬의 아름다움과 독특함을 보여준답니다.

이곳은 아름답지만 가난합니다. 오두막집들은 그 이름만 유명할 뿐 정확히 알려진 바가 없는 픽트족•이 지은 오래된 유물처럼 보이네요. 픽트족에 이어 칼레도니아•• 게일족과 노르웨이 출신의 바이킹족이 왔습니다. 호콘 왕•••이 돌로 지은 성까지 남겨놓고 떠나는 바람에 이곳 이름이 카일라킨••••이 되었답니다. 그러나 정복자들은

• 스코틀랜드 동북부에 살다가 9세기 중엽 스코트족에게 정복당한 고대인.

•• '스코틀랜드'의 옛 이름.

••• 스카이섬의 일부 지역을 비롯해 노르웨이 영토를 지키기 위해 싸운 뒤 스코틀랜드 오크니 제도에서 세상을 떠난 노르웨이의 왕 호콘 4세(1204~1263).

스카이섬의 다른 지역들을 신에게 받은 그대로 남겨두었습니다. 야생의 상태, 황량하면서도 울퉁불퉁하고 축축하면서도 절묘하며 지독하면서도 사랑스러운 상태로 말이죠. 사람들이 버리고 간 작은 돌집들은 무성하게 자란 풀과 이끼에 에워싸이거나 손쓸 수 없이 망가졌습니다.

일주일에 한 번쯤 해가 비치면 산봉우리들이 형용할 수 없는 파란 빛깔을 띠며 드러납니다. 하늘빛과 진줏빛의 파랑, 안개빛 파랑, 쪽빛 파랑, 검은빛 파랑, 분홍빛 파랑, 초록빛 파랑, 깊은 파랑, 연한 파랑, 시냇물 같은 파랑, 아지랑이 같은 파랑, 아름답고 푸른 무언가의 기억을 품은 듯한 파랑까지. 쿨린 산맥의 봉우리들에서 이 모

•••• '호콘의 해협'이라는 뜻.

든 파랑과 다른 수많은 파랑을 보았고, 이에 더해 파란 하늘과 파란 만도 보았지만 도무지 묘사할 길이 없네요. 이렇게 엄청난 파랑을 마주하고 있자니 낯선 거룩함이 가슴을 휘저었답니다.

하지만 이내 저지와 산에서 구름이 올라와 바다는 잿빛으로 변하고 축축한 산비탈에 빗물이 스며듭니다. 좋은 사람들의 집 안에서는 난로의 토탄이 타오르고 옆모습이 그리스 조각상을 닮은 여인이 스코틀랜드 민요를 부릅니다. 저도 사람들과 함께 이 기이하고 오래된 노래를 불러봅니다.

하 틴 포엄 포엄 포음
하 틴 포엄 포엄 포음
하 틴 포엄 포엄 포음
하 틴 포엄 에리•

그런 뒤 우리는 모두 손을 잡고 둥글게 서서 헤어짐과 재회를 다룬 스코틀랜드 노래를 부릅니다. 이 제도의 곶들 사이사이로 기다랗게 들어온 바다가 보이네요. 고래들은 이곳을 지나 아이슬란드나 그린란드로 가는 모양입니다. 아, 저 가느다란 바다를 보고 왜 서글퍼질까요? 안녕, 다시는 보지 못할 땅이여!

아, 이토록 푸르고 맹렬한 바다와 비단처럼 보드라운 해변, 하늘빛 파도 위로 고개를 숙인 야자수를 보았건만, 정작 제 마음을 앗아 간 것은 차가운 잿빛 호수들입니다. 저쪽에서 학 한 마리가 해초 사이를 성큼성큼 걸어 다니네요. 갈매기인지 바다제비인지 모를 새가 거칠고 날카로운 소리로 울며 파도 위를 미끄러지고요. 도요새 한 마

• 스코틀랜드의 유서 깊은 가문인 래널드가의 앨런 맥도널드(1650~1715)가 전사하자 그를 기리기 위해 만든 노래의 후렴구.

리가 휘파람을 불고 개똥지빠귀는 떼를 지어 황무지 위에서 쌕쌕거립니다. 털이 텁수룩한 수송아지는 사람을 보고 놀라고, 저 멀리 벌거숭이 언덕에서 풀을 뜯는 양들은 꼭 누런 머릿니 같습니다. 저녁이 되면 조그만 각다귀들이 떼를 지어 몰려나와 사람의 콧속을 공략하지만 이 북부의 낮은 자정까지 이어집니다.

그리고 발아래서 철벅거리는 창백한 바다는 북쪽으로, 북쪽으로 흘러가네요…….

"하지만 저는 로얀호의 애니인걸요"•

하지만 작은 증기선의 선장은 북쪽으로 흘러가는 바다의 꾐에 넘어갈 리가 없습니다. 신중한 그는 그린란드나 아이슬란드가 아닌 맬레이그로 향합니다. 아마도 잭 런던••의 책을 읽어본 적이 없나보네요.

바다 갈매기들아, 너희는 왜 바다의 폭도처럼 요란하게 우리를 따라오는 것이냐? 내가 너희들처럼 날 수 있다면 스코틀랜드 상공을 날아 저 많은 호수의 작고 둥근 파문 위에 앉아 쉬기도 하며 바다를 건너 함부르크로 가련만. 그곳에는 엘베강이 있으니 힘찬 날갯짓으로 그 위

• 스코틀랜드 민요 〈로얀호의 아가씨〉의 한 변형으로 보인다.

•• 미국의 소설가 잭 런던(1876~1916). 어릴 때부터 돈을 벌기 위해 갖가지 모험을 마다하지 않았고 골드러시가 일면서 알래스카에 다녀오기도 했으며 세계 여행을 떠나기도 했다.

를 날아갈 텐데. 멜니크•에 이르러 다른 강을 따라가다 보면 프라하가 나오겠지. 그러면 모든 다리의 개선문을 지나고 유쾌하게 웃으며 이렇게 소리칠 텐데. "여러분, 저는 스코틀랜드에 있다가 하얀 배를 녹이려고 이 따뜻한 블타바강••으로 날아왔습니다. 칼레도니아 또는 스티븐슨•••의 고향으로도 알려진 스코틀랜드는 신비롭고 아름답지만 어딘지 슬프고 우울합니다. 물론 이곳에는 호수가 없지만 대신 우리에겐 바츨라프 광장이 있죠. 라르

• 엘베강의 지류에 있는, 프라하 북쪽의 작은 도시.

•• 프라하를 포함해 체코의 남북을 길게 가로지르는 강으로, 엘베강과 만난다.

••• 《보물섬》과 《지킬 박사와 하이드 씨》 등으로 유명한 스코틀랜드 출신의 작가 로버트 루이스 스티븐슨(1850~1894).

벤•은 없지만 아카시아가 흐드러진 강둑이 있고 비셰흐라드••와 페트린 언덕•••도 있잖아요. 저는 지금 배를 타고 슬레이트 해협••••을 지나는 순례자의 인사를 전하러 왔답니다."

이 슬레이트 해협에 라르 벤을 넣어 그려보았습니다. 맬레이그 항구도 그렸는데, 제가 뭔가를 숨긴다거나 배와 선원들이 있는 세상을 가감 없이 그리지 않았다고 나무랄까봐 선원도 한 명 넣었습니다.

기차여, 칼레도니아 곳곳으로 나를 데려가주오. 이렇

• 스코틀랜드 고원지대에서 가장 높은 산.

•• 10세기에 건립되었다고 추정되는 프라하의 역사적 요새로, 현재는 차페크를 비롯해 체코의 많은 인사가 묻혀 있는 묘지 겸 공원.

••• 프라하 시내가 내려다보이는 거대한 구릉지의 공원.

•••• 스코틀랜드 서쪽의 좁은 해협.

게 좋은 곳을 떠나려니 아쉬운 마음이 든다오. 이곳엔 모라르호와 셸러호가 있고 산봉우리와 골짜기와 협곡, 거대한 경사면이 있는 덩치 좋은 언덕들이 있으며, 벌거벗은 몸뚱이의 주름과 겨드랑이에 쨍한 초록색 잡목림을 끼고 있는 고대 짐승의 엉덩이 같은 바위산과, 아몬드 박힌 던디 케이크•처럼 암석이 촘촘히 박힌 언덕들, 에일트호와 기회가 되면 어디든 자리를 잡고 반짝거리는 다른 호수들, 바람에 살랑거리며 물의 정령을 위해 은빛 길을 내주는 수면, 화강암 암반에서 둥글게 튀어나온 산이나 바위산들, 줄무늬나 고랑이 있고 하마처럼 미끈거리는 푸른 언덕과 붉은 언덕과 초록빛 언덕 들, 끝도 없고

• 주로 아몬드로 장식하는 스코틀랜드의 전통 과일 케이크.

사람도 없는 황량한 산들이 있으니까요.

마지막으로 이곳엔 과거 스코틀랜드 반란군을 가둬 두었던 철의 장벽 가운데 하나인 포트 윌리엄도 있습니다. 수많은 산이 있는 이 지역에서도 가장 높은 봉우리인 벤 네비스가 그 위로 솟아 있죠. 바다의 피오르 위로 높이 솟은 이 봉우리의 꼭대기는 구름에 가려져 있지만 정

상의 설원에서 떨어지는 하얀 폭포와 뒤엉켜 장관을 이룹니다. 그 밖에도 많은 산과 협곡, 호수, 어두운 골짜기, 시커먼 물이 흐르는 계곡이 있습니다. 신이 거친 재료로 반죽한 뒤 바위와 황무지와는 싸울 수 없어 그 위에서 인간과 싸우려고 넘겨준 땅입니다.

글래스고여, 아름다움이라곤 없는 도시여, 소음과 무역의 도시, 공장과 조선소, 온갖 상품을 위한 항구도시여, 그대에 관해서도 짤막한 편지를 씁니다. 그런데 뭐라고 써야 할까요? 공장들이 아름답다고 해야 하나요? 선창과 창고, 항구의 기중기와 철골로 된 탑, 가스탱크, 상품을 싣고 덜컹덜컹 달리는 수레들, 높다란 굴뚝과 요란한 소리를 내는 증기 해머들, 대들보와 쇠붙이가 가득한 건설 현장들, 물에 떠 있는 부표들과 석탄 광산들이

아름답다고 해야 할까요? 저는 미천한 죄인이기에 이 모든 것이 무척 아름답고 독특하며 장엄하다고 생각합니다. 하지만 여기서 나고 자란 삶, 이곳의 거리와 사람들, 일터의 얼굴들, 타자기를 두드리는 이들, 서민의 집들, 그들의 아이들과 음식과 삶, 아, 이 거대하고 막강한 물질세계에서 유지되는 삶은 아름답거나 독특하기는커녕 신에게 버림받은 듯 조야하고 더러우며 끈적거리고 시끄럽고 냄새날 뿐 아니라 억압적이고 무질서하고 잔인합니다. 굶주림보다도 더 잔인하고 궁핍함보다도 더 무질서하네요. 수십만 명의 피로가 짓누르는 느낌에 저는 도망쳤답니다, 글래스고여. 차마 똑바로 보고 비교할 용기가 없었기에.

그렇다고 스코틀랜드에만 호수가 있는 건 아닙니다. 잉글랜드에는 호수가 워낙 많아서 호수 지방이라고 불리는 곳이 있거든요. 더웬트워터호, 배슨스웨이트호, 웨스트워터호, 설미어호, 그래스미어호, 윈더미어호, 얼스워터호를 비롯해 많은 호수가 몰려 있는 곳이죠. 호반 시인들이 이곳에 살았고, 워즈워스의 작은 무덤도 이곳 그래스미어에, 구불구불한 나무들이 가득한 골짜기, 참나무 천장이 있는 오래되고 예쁜 예배당 옆에 있답니다. 꽤 길게 설명한 것 같지만 이 사랑스러운 호수 지방의 유쾌함을 모두 얘기하려면 아직 멀었습니다.

케직부터 시작해볼게요. 케직은 세상의 어떤 소도시와도 달리 순수한 녹색 돌로 지어진 소도시입니다. 그런데 제겐 녹색 잉크가 없어서 예쁜 시청을 그렸습니다. 관광하기 좋은 스키도산이 있고 여기서 조금 더 가면 수풀과 공원 사이에 잔잔한 더웬트워터호가 있습니다. 어느 달콤하고 고요한 저녁, 넘쳐흐르는 기쁨을 주체하지 못하고 이 호수의 풍경을 그려보았습니다. 넘어가는 해가 황금색 빛으로 고불고불한 물결을 빗어 내렸고 조용한 골풀 위에 앉아 있던 우리의 순례자는 호수가 너무도 매혹적이고 평온해서 집에 가고 싶지 않았더랬죠.《호수 지방 관광 안내서》에는 다양한 산과 등산로, 전망이 아름다운 곳, 심지어 워즈워스가 자주 앉았던 바위와 다른 아름다

운 볼거리도 소개돼 있습니다. 저도 나름대로 몇몇 순례지를 찾아서 다녀왔답니다.

1. 양 순례: 잉글랜드 어디에나 양이 많지만 호수 지방의 양은 털이 유난히 꼬불거리고 보드라운 풀밭에서 풀을 뜯어서인지 천상에 사는 축복받은 영혼을 보는 것 같습니다. 돌보는 이도 없이 저희끼리 풀을 뜯고 꿈을 꾸고 경건한 명상을 하며 시간을 보내죠. 이 양들을 그려보았는데, 만년필이라는 한계가 있긴 했지만 최대한 고요하고 온화한 삶의 기쁨을 표현하려 노력했답니다.

2. 젖소 순례: 호수 지방의 젖소들은 다른 젖소들과 달리 독특한 붉은빛을 띱니다. 축복받은 풍경 속에서 풀을 뜯고 온화한 표정을 짓고 있다는 것도 여느 젖소들과 다른 점이죠. 하루 종일 지상낙원 같은 초원을 어슬렁거리

다가 자리에 누우면 천천히, 그리고 진지하게 감사의 말을 곱씹는답니다. 호수 지방의 수많은 장관이 이 젖소들을 에워싸고 있는 풍경을 그려보았습니다. 다리와 그 밑으로 흐르는, 송어가 가득한 작은 강, 보드라운 덤불, 부스스한 나무들, 잡목림과 산울타리가 있고 숲이 우거진 둥그스름하고 아늑한 언덕들, 컴브리아•의 산등성이들, 마지막으로 습기와 빛을 잔뜩 머금은 하늘도 넣었답니다. 자세히 들여다보면 나무들 사이로 붉은색 또는 녹색 돌로 지은 집들의 지붕도 보일 겁니다. 호수 지방에서 젖소로 사는 것은 모든 생명체를 통틀어 가장 성스럽고 존엄한 동물에게만 주어지는 굉장한 특권이라는 사실도 알

• 호수 지방이 있는 잉글랜드 북서부의 주.

수 있을 겁니다.

3. 말 순례: 잉글랜드의 말은 아무것도 하지 않고 하루 종일 풀을 뜯거나 예쁜 풀밭을 거닙니다. 어쩌면 이들은 평범한 말이 아니라 조너선 스위프트의《걸리버 여행기》에 나오는 '후이늠'인지도 모르겠네요. 아무 일도 하지 않고 정치에도 관여하지 않으며 애스콧 경마 따위에도 관심이 없는, 신에 가까울 만큼 지혜로운 종족 말예요. 이곳의 말들은 인간을 자애롭게 바라볼 뿐 적의를 보이지 않거든요. 유달리 합리적이기도 하고요. 가끔은 명상에 잠기고, 가끔은 꼬리를 휘날리며 뛰어다니고, 가끔은 옆에 있는 사람을 어찌나 당당하고 진지하게 보는지 오히려 사람이 원숭이가 된 기분이 들기도 합니다. 말을 그

제 스케치북을 먹어치우려 했던 말이에요.

리는 건 세상에서 가장 어려운 일이었네요. 시도해보았지만 말들이 저를 에워싸더니 그중 한 마리가 온 힘을 다해 제 스케치북을 먹어치우려 들더군요. 멀찍이서 그림을 보여줘도 만족하지 않기에 서둘러 물러설 수밖에 없었답니다.

이 밖에도 호수 지방에는 아름다운 것이 아주 많습니다. 몇 가지만 꼽아보면, 구불구불 흐르는 강과 풍성하고 장엄한 나무들, 리본처럼 꼬부라진 도로들, 손짓하는 산들, 아늑한 골짜기들, 잔잔하게 물결치는 호수들입니다. 관광객을 가득 태운 유람 버스들이 꼬부라진 도로를 달리고 승용차들이 쌩쌩 지나가고 여자들이 자전거를 타고 달려갑니다. 양과 젖소, 말들만이 서두르지 않고 차근차근 자연의 아름다움을 곱씹는답니다.

북웨일스

결국 성경 말씀이 옳았습니다. "또 무리에게 이르시되 너희가 구름이 서쪽에서 이는 것을 보면 곧 말하기를 소나기가 오리라 하나니 과연 그러하고"(〈누가복음〉 12장 54절). 웨일스어 성경에도 이렇게 나와 있지만, 그래도 저는 웨일스 전체를 보기 위해 서풍을 타고 스노든산, 더 정확히 말하면 '에러리 어 위드바'로 떠났습니다. 과연 그렇네요. 비가 올 뿐 아니라 어느새 구름 속에 들어와 있고 어찌나 추운지 스노든 정상에서는 난로를 피우고 몸을 녹였답니다. 어쨌든 불은 그저 바라보기에도 무척 아름답고 이글거리는 석탄 옆에 있으면 세상에서 가장 좋은 것을 수십 가지 생각할 수 있으니까요. 관광 안내서는 스노든산에서 보는 풍경이 무척 아름답고 다채롭다고 칭송합니다. 제 눈에 보이는 거라곤 흰색과 잿빛의 구름

이 짙게 깔린 풍경뿐이었답니다. 구름이 옷 속을 파고드는 것 같았어요. 온통 하얀 풍경이라 보기 싫지는 않았지만 딱히 다채롭지는 않았죠. 그렇긴 해도 흘리웨드•와 모일 오프룸,•• 쿰어흘란•••과 흘린 퍼논어과스,•••• 크리버더스길•••••을 볼 수 있었답니다. 이런 아름다운 이름들이 기다리고 있다면 약간의 소나기와 거센 바람, 추운 날씨, 엄청난 구름은 견딜 만하지 않을까요?

• 스노든산의 주요 봉우리.

•• 봉우리 겸 성채.

••• 점판암 채석장.

•••• 호수 이름.

••••• 주요 봉우리.

웨일스어는 도무지 이해할 수 없고 학자 친구의 말로는 아주 복잡하다고 합니다. 예를 들어 '아버지'는 상황에 따라 '대드(dad)'가 되기도 하고 '타드(tad)'나 '나드(nhad)'가 되기도 합니다. 웨일스어가 복잡하다는 것은 앵글시• 인근의 아주 간단한 마을 이름만 봐도 알 수 있습니다. 흘란바이르푸흘귄기흘고게러휘른드로부흘란터실요고고고호이거든요. 참고로 웨일스 켈트어는 무척 아름답게 들리는데, 특히 머리색이 어둡고 프랑스인처럼 생긴 여자가 말하면 더욱 그렇답니다. 하지만 안타깝게도 웨일스의 노부인들은 남자 모자를 쓰고 다닙니다. 이 지역에서는 전통적으로 여성들도 아주 높은 남성용 실크해트를 쓰고 다녔는데 아마도 그런 풍습의 잔재인 모양이에요.

• 웨일스 북부 연안의 섬.

사실 웨일스는 지명들만큼 이상하거나 괴이하지 않습니다. 펜마인마우르라는 곳에는 채석장과 해변 휴양지만 있더군요. 왜인지는 모르겠지만 어떤 이름은 마법처럼 저를 홀리는 것 같습니다. 랜디드노•라는 이름을 보고 어쩐지 꼭 봐야겠다고 생각했는데 막상 가보고는 무척 실망했답니다. 우선 제가 생각한 것과 발음이 달랐고, 이 섬의 다른 해변 휴양지처럼 그저 호텔과 바위와 모래 말고는 딱히 볼 게 없었거든요. 저는 웨일스의 주요 도시인 카나번••에도 가보았습니다. 외딴곳이라 그런지 그 도시의 우체국에서는 우리나라 이름을 들어보지도 못했고 겨우 7시밖에 안 되었는데 저녁 먹을 곳도 없었습니다. 대체 왜 거기서 꼬박 이틀을 보냈는지 모르겠어요. 그곳에는 웨일스 공을 위한 크고 오래된 성이 있습니다.••• 그려보려 했는데 종이가 너무 작아서 갈까마귀 자치 의회가 열리는 탑 하나만 그렸습니다. 저는 그렇게 많은 갈까

• 웨일스식 발음으로는 '흘란디드노'.

•• 웨일스식 발음으로는 '카흐르나르본'.

••• 1283년 에드워드 1세(1239~1307)가 지은 카나번성은 웨일스 통치의 주요 거점이었지만 중세 이후 버려져 있다가 1911년부터 영국의 왕세자인 웨일스 공 책봉식의 장소로 사용되었다.

마귀는 평생 본 적도 들은 적도 없답니다. 그러니까 카나번에는 꼭 가봐야 한다니까요.

웨일스는 산과 로이드조지,• 송어, 등산객, 검은 젖소, 점판암, 성, 비, 시인, 켈트어의 땅입니다. 산들은 벌거벗었고 보라색이라 신비로워 보이며 돌이 가득하죠. 호텔

• 웨일스인 부모 사이에서 태어나 1916~1922년에 재임한 영국의 총리 데이비드 로이드조지(1863~1945).

들에는 이곳의 특색인 음악 경연 대회 주최자들의 누눅한 사진이 걸려 있습니다. 웨일스 양들은 꼬리가 깁니다. 제가 북웨일스에 관해 아는 건 여기까지입니다. 저를 붙잡고 흔들어대도 더는 얘기할 게 없습니다. 겨우 이것뿐이냐고 불평하는 사람이 있다면 카나번에 가라고 얘기해 주세요. 뱅고어•에서 환승해야 합니다.

• 웨일스 귀네드 카운티의 도시.

아일랜드에 관하여

1

정말이지 아일랜드에서도 편지를 쓰고 싶었습니다. 여기서 몇 시간만 고생하면 갈 수 있거든요. 제가 아일랜드에 가지 않는 이유는 잘 모르겠습니다. 아일랜드 문제• 때문이 아닐까 싶어요.

그동안 만난 잉글랜드 사람들과 스코틀랜드 사람들, 웨일스 사람들, 게일 사람들을 모두 붙잡고 아일랜드 문제를 냈습니다. 아일랜드에서 정확히 무엇을 봐야 하고

• 19세기부터 1920년대까지 영국 정부에 고민을 안긴 아일랜드의 민족주의와 독립운동 문제를 일컫는 표현으로, 차페크는 이를 비틀어 '아일랜드에 관한 물음'이라는 의미로 쓰고 있다.

어디에 가야 하는지도 물어봤거든요. 그런데 다들 이 문제를 못마땅하게 여기는 것 같더라고요. 차라리 옥스퍼드나 스트랫퍼드, 해안 지역에 가는 게 낫다면서 말이죠.

이런 반응이 오히려 저의 호기심에 불을 지폈답니다.

"북쪽에 가보세요." 어떤 사람은 이렇게 조언했습니다.

"서쪽에 가보세요." 어떤 사람은 시큰둥하게 이렇게 조언했고요.

"남쪽에 가보세요. 저도 가본 적은 없지만 가고 싶으시다면……." 이렇게 말하는 사람도 있었어요.

2

문: 아일랜드를 한번 보고 싶은데요. 어떻게 생각하세요?

답: 아, 아, 어, 그게, 글쎄요?

문: 네?

답: 거긴 그다지 조용하다고 할 수 없지요.

문: 상황이 그렇게 나쁜가요?

답: 뭐, 거기서는 다리들을 하늘까지 날려버리고 기차가 오면…….

문: 기차도 다 하늘까지 날려버리나요?

답: (머뭇거리며) 다는 아닐 겁니다. 혹시 벨파스트에 가는 건 어떨까요? 거긴 여기와 거의 비슷하니까…….

3

버나드 쇼 선생은 아일랜드에서 딱 한 군데를 추천했습니다. 남쪽에 있는 작은 섬인데 이름은 잊어버렸네요. 그곳 사람들은 꽤 안전하게 지내는 모양입니다. 그런데 버나드 쇼 선생이 덧붙이기를, 안타깝게도 그 섬에는 상륙할 수가 없다네요.

4

그러니까 아일랜드는 여러분이 직접 가보는 게 좋겠습니다. 아일랜드 관광 안내서를 사서 예쁜 곳을 몇 군데 정한 뒤 아일랜드에서 편지를 쓰는 것도 좋겠네요.

저는 글래스고에서부터 서점이 보이면 무조건 들어가

HIBERNIA INSULA

BALAENAE MARE
Gens Angelica
Belfastus?
?
TERRA INCOGNITA
INEXPLORATUM
FABULAE
ERINIAE
IGNOTA
MARE
Dublinus Straditur
?
SYNGE
YEATS et MYSTICI
LITORA
Longislongthewaytotipperary — hic sitam esse dicunt:
Gentiles Catholici
SANCTI
NEBULAE
Corcus fabulosa
MARE

서 아일랜드 관광 안내서를 찾아보았습니다. 하지만 그때마다 서점 주인은 진지한 얼굴로 고개를 저으며 아일랜드 안내서는 없다고 하더군요. 콘월•과 듀커리스•• 스노도니아,••• 웸블리 박람회에 관한 안내서는 다 있는데 아일랜드 안내서는 전혀 없다고, 미안하다며 이렇게 덧붙였습니다. "이곳 사람들은 거기엔 가지 않거든요."

5

여기서 몇 시간만 고생하면 아일랜드에 갈 수 있습니다. 하지만 이렇다 할 이유도 없이 제게는 아무도 가르쳐주지 않는 그 나라의 끔찍한 비밀을 무시한 채 가야 할까요? 차라리 애정을 갖고 기꺼이 아일랜드 지도를 보며 이렇게 한탄하는 편이 나을 것 같아요. "아, 내가 베일을 벗기지 못한 땅이지."

• 잉글랜드 서남부의 해변 휴양지.
•• 잉글랜드 중부 노팅엄주의 지역.
••• 스노든산이 있는 웨일스 북부 지방.

다시 잉글랜드

다트무어•

이제 웬만한 건 다 보았습니다. 산과 호수, 바다, 초원, 정원과 비슷한 지역도 보았죠. 딱 하나 보지 못한 건 제대로 된 잉글랜드 숲입니다. 이렇게 말해도 될지 모르겠지만 잉글랜드에는 나무가 그토록 많은데도 숲이 없답니다. 지도에 '다트무어 숲'이라고 표시된 곳에도 가보았습니다. 제가 문학사를 제대로 알고 있다면 다트무어는《셜록 2—바스커빌의 사냥개》의 배경이 된 곳입니다. 가는 길에 스티븐슨의 소설《보물섬》에서 히스파니올라호가 보물섬으로 갈 때 출항한 곳도 보았답니다. 쌍돛대 범선이 서 있고 오렌지 냄새가 진동하던 브리스틀의 다리 옆이었을 거예요. 브리스틀에는 달리 볼 게 없습니다. 기껏

• 잉글랜드 서남부 데번주 남쪽에 있는 고원지대.

해야 당시 예배가 한창이던 예쁜 교회 한 채와 역시 당시에 헌신 예배가 열려 노래와 설교가 한창이던 성당, 마지막으로 오래된 병원이 하나 있죠. 이 병원에 있는 여인상 기둥을 그려보았습니다. 수염 난 키메라•라니, 브리스틀 치고는 꽤 흥미로운 볼거리네요.

엑서터••에서 또 한 번 비와 함께 잉글랜드 일요일을 맞이했습니다. 엑서터에서는 일요일을 어찌나 신성시하고 철저하게 여기는지 교회들조차도 문을 닫더군요. 차가운 감자를 싫어하는 나그네라면 몸의 평안을 위해 주린 배를 안고 잠자리에 들 수밖에 없습니다. 엑서터의 하느님이 이런 상황에서 얻을 수 있는 즐거움이 과연 무엇인지 모르겠네요. 그래도 상쾌한 비가 조용히 내리고 오래된 잉글랜드 집들이 있는 예쁜 도시이니 나중에 다시 와보려 합니다. 지금은

• 사자 머리에 염소 몸통과 뱀 꼬리가 달린 그리스 신화 속의 괴물.

•• 잉글랜드 서남부 데번주의 주도.

서둘러 다트무어 숲에 가고 있거든요.

아름답게 굽이진 길을 지나고 둥근 언덕을 넘고 텁수룩한 녹지를 지나갑니다. 지금껏 보았던 어느 곳보다도 산울타리가 빽빽하고 양들의 몸집이 크며 담쟁이덩굴과 잡목림과 산사나무가 많고 초가지붕이 두툼합니다. 데번주의 오래된 나무는 바위처럼 단단하고 동상처럼 완벽한 모양이죠. 그러다가 나무 한 그루 없이 황량한 벌거숭이 언덕들이 나오는데, 이곳이 다트무어 숲입니다. 히스가 가득한 황무지 곳곳에 튀어나와 있는 화강암은 거인의 제단 같기도 하고 고대 도마뱀 같기도 합니다. 참고로 이런 바위산을 '토르'라고 합니다. 가끔 히스 사이로 붉은빛을 띤 작은 냇물이 흐르고 시커먼 웅덩이가 나타나기도 하며 풀이 웃자란 소택지가 반짝거리기도 합니다. 말을 타고 달리다가 이런 곳에 빠지면 흔적도 없이 사라질 거라는데, 말이 없어서 시험해보진 못했습니다. 나지막한 산등성이들 위로 구름이 잔뜩 끼어 있습니다(구름이 내려온 것인지 질척한 땅에서 수증기가 올라오는 것인지 모르겠네요). 뿌연 비의 장막이 이 화강암과 늪지 가득한 지역을 에워싸면서 구름들이 빽빽이 모여들다가도 아주 잠깐 어둑하고 비장한 햇살에 헤더와 향나무, 고사리만 가득한

벌판이 드러나기도 합니다. 한때 이곳은 앞이 보이지 않을 만큼 빽빽하고 깊은 숲이었습니다.

인간은 왜 이처럼 두려움과 향수를 불러일으키는 곳을 보면 숨을 참을까요? 아름다워서일까요?

우리나라에서는 향기로운 경계선이 들판을 나눠놓지만 이 넓은 시골 지역은 산울타리로 나뉩니다. 산울타리 사이로 올라갔다 내려가고 다시 올라갔다 내려가면서 푸른 데번을 가로지릅니다. 늘 그러듯 오래된 나무들을 지나고 현명한 양들의 눈총을 받으며 몇 번이나 올라갔다 내려갔다 합니다. 데번의 붉은 해변까지.

항구들

당연히 항구들도 보았죠. 그런데 너무 많은 항구를 봐서 헷갈리네요. 잠깐 정리해볼게요. 포크스턴, 런던, 리스, 글래스고, 그럼 네 개입니다. 리버풀, 브리스틀, 플리머스…… 뭐, 그 외에도 많은 항구가 있겠죠. 가장 좋은 곳은 플리머스랍니다. 바위와 섬들 사이에 예쁘게 박혀 있거든요. 진짜 선원과 어부, 검은 소형 보트를 볼 수 있는 오래된 항구 지역을 바비컨이라고 부르고, 호(Hoe) 산책로 아래에는 선장과 동상, 줄무늬 등대를 볼 수 있는 신항이 있습니다. 이 줄무늬 등대를 그려보았습니다. 하지만 이 그림만으로는 지금이 연푸른색 저녁이라는 사실도, 배와 부표의 초록 불빛과 붉은 불빛이 바다 위에서 반짝거린다는 사실도 알 수 없죠. 제가 등대 아래 앉아 있는데 무릎에 검은 고양이가, 그러니까 진짜 고양이 한 마리

가 앉아 있다는 사실도 알 수 없고요. 제가 이런 세상에 존재한다는 사실에 굉장한 환희를 느끼며 바다와 고양이와 바다 위의 작은 불빛과 온 세상을 어루만지고 있다는 것도 알 리가 없죠. 저 아래 바비컨에서는 옛 드레이크• 시대와 마리어트•• 시대에 그랬듯 생선 비린내와 바다 냄새가 진동하고 드넓은 바다는 평화롭게 반짝거립니다. 정말이지 포츠머스는 가장 예쁜 항구입니다.

• 엘리자베스 1세(1533~1603) 시대의 영국의 항해가 겸 제독 프랜시스 드레이크(1540?~1596).

•• 영국의 해군 장교이자 소설가 프레더릭 마리어트(1792~1848).

하지만 가장 큰 항구는 리버풀입니다. 그 규모를 봐서 제게 저지른 잘못도 이제는 용서하려고 해요. 의회인지 왕족인지가 방문한다는 이유로 이 나그네에게 하룻밤 묵어갈 곳을 내주지 않았고, 로마의 카라칼라 욕장 유적지처럼 거대하고 절망적인 신축 성당으로 제게 위압감을 주었으며, 한밤에는 금욕적인 어둠을 드리웠거든요. 그래서 제게 양배추 썩는 냄새가 진동하는 눅눅한 간이침대를 내준 허름한 여관도 찾아갈 수가 없었다니까요. 그래도 딩글•에서부터 부틀••까지, 그리고 반대편 버컨헤드•••까지 가는 길에 볼거리가 많았으니 다 용서하려고 합니다. 누런 물과 요란한 소리를 내는 증기 연락선들, 예인선들, 파도 위에서 흔들거리던 시커먼 배불뚝이 암퇘지들, 하얀 대서양 횡단 여객선들, 부두들, 계류장들, 탑들, 기중기들, 곡식 저장고들, 연기를 피워 올리는 공장들, 항만 노동자들, 소형 보트들, 창고들, 선창들, 커다란 통들, 상자들, 소포들, 굴뚝들, 돛들, 삭구들, 기차들,

• 리버풀 내의 한 지역.

•• 리버풀과 인접한 도시.

••• 리버풀의 교외 도시.

연기, 혼돈, 경적, 망치질, 증기, 바닥이 갈라진 배들, 말들의 악취, 땀 냄새, 오줌 냄새, 세상의 온갖 대륙에서 풍겨오는 쓰레기 냄새……. 삼십 분쯤 더 떠들어도 이 혼란스럽고 거대한 도시 리버풀의 볼거리를 다 열거할 수 없을 것 같네요.

높은 가슴으로 물을 가르고 고함을 치며 굴뚝으로 연기를 뿜어내는 증기선은 무척 아름답습니다. 연기를 길게 남기며 바다의 둥근 어깨 너머로 사라지는 모습도 아름답고요. 배에 올라 뱃머리에 서면 저 멀리 목적지들은 또 얼마나 아름다운지 모릅니다. 파도 위로 미끄러지며 나아가는 배도 아름답습니다. 떠남과 도착도 아름답죠. 바다가 없는 우리 고국이여, 그대는 지평이 좁고 유혹의 속삭임을 보내는 먼 미지의 장소도 없지 않은가? 그렇긴

하지만 우리의 머릿속에서 윙윙거리는 곳들이 있죠. 배를 타고 나갈 수는 없어도 생각의 나래를 펼칠 수 있고 그런 정신의 나래로도 넓고 높은 세상으로 나아갈 수 있습니다. 우리에게는 탐험할 곳과 훌륭한 배가 있습니다. 그러니 끊임없이 바다로 나가야 합니다. 용기가 있다면 어디든 바다가 됩니다.

하지만 키잡이여, 키를 돌리지 마세요. 우리는 아직 집으로 가지 않을 겁니다. 이 리버풀 정박지에 좀 더 머물며 전부 보고 싶군요. 이곳은 거대하고 지저분하고 시끄럽습니다. 과연 진짜 잉글랜드는 어디일까요? 엄청나게 오래된 나무들과 전통에 에워싸인, 조용하고 깨끗한 오두막들, 평화롭고 점잖은 완벽한 사람들의 집인가요, 아니면 우울한 파도에 휩싸이고 망치질 소리가 들리는 부두나 맨체스터, 포플러, 글래스고의 브루밀로 거리인가요? 솔직히 말하면 저도 모르겠습니다. 저기 저 잉글랜드는 너무도 완벽하고 아름답지만 여기 이 잉글랜드는 너무도…….

모르겠습니다. 이곳은 하나의 나라, 하나의 민족이 아닌 것 같아요. 그러니까 그러든 말든 그저 항해를 하렵니다. 바다가 내게 물을 흩뿌려도, 바람이 나를 때려도. 아무래도 너무 많은 것을 봤나봅니다.

즐거운 옛 잉글랜드

그래도 한 번 더 멈춰볼게요. 즐거운 옛 잉글랜드가 어디인지 찾아봐야죠. 유서 깊은 잉글랜드라면 스트랫퍼드•가 있을 테고, 체스터와 엑서터도 있고, 제가 모르는 다른 곳도 있겠죠. 스트랫퍼드, 스트랫퍼드, 잠깐, 제가 거기에 갔던가요? 아, 못 갔네요. 셰익스피어 생가는 보지 못했습니다. 어차피 그곳은 나중에 새로 지어졌고, 어쩌면 셰익스피어라는 사람이 아예 존재하지 않았는지도 모르죠. 하지만 확실히 존재했던 매신저••의 활동지인 솔즈베리와 역시 확실히 존재했던 디킨스가 머물렀던 런던

• 런던과 다른 지역에도 같은 지명이 있지만, 여기서는 셰익스피어의 생가가 있는 잉글랜드 중부의 스트랫퍼드어폰에이번을 말하는 것으로 보인다.

•• 영국 솔즈베리 출신의 극작가 필립 매신저(1583~1640?).

의 템플, 역사적 증거가 풍부한 워즈워스가 살았던 그래스미어, 그 밖에 기록상 부인할 수 없는 다른 많은 인사의 출생지와 활동지에 가보았습니다. 목재에 무늬를 새겨 넣어 예쁜 흑백 줄무늬로 된 외관을 갖춘 정겨운 잉글랜드를 곳곳에서 발견했죠. 너무 과감한 추측인지 몰라도 영국 경찰관들이 착용하는 흑백 줄무늬 완장•은 위 그림에서 보듯이 잉글랜드의 오래된 가옥에서 따온 게 아닐까 싶습니다.

어쨌든 잉글랜드는 역사와 전통이 깊은 곳이고, 존 로크의 가르침에 따르면 이처럼 오래된 모든 것에는 모종의 이유가 있게 마련이죠. 일부 도시, 가령 체스터 같은 도시의 경찰관은 외과 의사나 이발사처럼 흰 외투를 입

• 영국 경찰은 1968년까지 이 완장으로 근무 중임을 표시했다.

고 있는데, 이는 아마도 로마 제국 시대의 전통일 겁니다. 그뿐만 아니라 유서 깊은 잉글랜드에는 위층이 다양한 형태로 돌출되고 온갖 종류의 박공지붕을 얹은 집이 많은데, 이런 집은 언제나 위쪽이 더 넓습니다. 게다가 창문들까지 반쯤 열린 서랍처럼 튀어나와 있죠. 이처럼 층이 여러 개이고 퇴창과 돌출 구조, 벽감 등이 있는 집들은 커다란 접이식 장난감처럼 보이기도 하고, 서랍처럼 꺼내 쓰다가 밤이 되면 밀어 넣는 구식 책상처럼 보이기도 합니다. 또한 체스터에는 '로'라는 특이한 구조가 있습니다. 지붕이 있는 통로인데, 주로 지상에서 계단으로 한 층 올라가게 되어 있고 그 위층과 아래층에는 상점들이 있습니다. 이런 구조는 전 세계 어디서도 볼 수 없죠. 체스터에는 분홍빛 돌로 지은 성당이 있고, 요크에는 갈색 성당이 있으며, 솔즈베리에는 군청색 성당, 엑서

터에는 검은색과 초록빛의 성당이 있습니다. 잉글랜드의 거의 모든 성당에는 배관 같은 기둥과 네모난 사제석, 중앙 신도석의 한가운데를 차지한 극악무도한 오르간, 부채 모양의 궁륭이 있는 둥근 천장이 있습니다. 청교도들이 파괴하지 않고 남겨놓은 것은 작고한 와이엇•이 순수한 양식을 추구하는 개조로 끝장내버렸죠. 예를 들어 솔즈베리의 성당은 절망적일 만큼 완벽해서 보는 사람이 불편할 정도입니다. 아킬레스가 트로이에서 그랬듯이 솔즈베리를 세 번이나 꼼꼼히 돌아보고도 기차 출발 시각이 두 시간이나 남아서 외다리 노인 세 명이 앉아 있는 시내 벤치에 합석하면 현지 경찰관들이 유아차에 탄 아기를 웃기려고 뺨을 잔뜩 부풀리는 모습을 보게 될 겁니다. 이런 작은 도시에 비가 내리면 그보다 더 지독한 일은 없습니다.

솔즈베리의 집들은 벽면이 기와로 덮여 있습니다. 그 기와를 만든 사람들이 이 편지를 볼 수도 있으니 그중 한

• 더럼과 솔즈베리, 다른 여러 도시의 성당과 윈저성 및 웨스트민스터 사원을 개조했으며, 이 과정에서 자신이 추구하는 양식을 위해 역사적인 요소들을 희생시켰다는 이유로 '파괴자'라는 별명을 얻기도 한 영국의 건축가 제임스 와이엇(1746~1813).

채를 그려보았습니다. 잉글랜드 북부 지방의 집들은 예쁜 회색 돌로 지어졌습니다. 그래서 런던의 집들은 대부분 흉측한 회색 돌로 지을 수밖에 없었나봅니다. 버크셔와 햄프셔의 집들은 온통 파프리카 빛깔의 붉은 벽돌로 지어졌습니다. 그래서 런던의 거리에는 죽음의 천사가 피를 발라놓은 듯 오싹한 붉은색 벽돌을 깔 수밖에 없었고요. 브리스틀에서는 어느 건축업자가 수많은 창문을 무어양식과 같은 기이한 아치 모양으로 만들어놓았답니다. 그런가 하면 타비스톡•의 집들은 전부 프린스타운의 감옥••과 똑같은 대문을 갖췄습니다. 잉글랜드 건축의 다양성

• 잉글랜드 데번주의 도시.

에 대해선 더 이상 할 얘기가 없을 것 같네요.

잉글랜드에서 가장 아름다운 것은 나무와 가축과 사람이고 그다음은 배입니다. 즐거운 옛 잉글랜드는 봄이면 회색 실크해트를 쓰고 여름이면 골프장에서 작은 공을 쫓는 얼굴이 발그레한 노신사들, 제가 여덟 살 소년이라면 같이 놀고 싶을 만큼 원기 왕성하고 상냥한 노신사들과, 언제나 뜨개질을 하고 따뜻한 물을 마시며 자신의 질병 얘기는 절대 하지 않는, 역시 얼굴이 발그레한 아름답고 친절한 할머니들이 있는 곳이죠.

가장 아름다운 어린 시절과 가장 원기 왕성한 노년기를 누릴 수 있는 나라, 이 고달픈 눈물의 계곡에서 그보다 더 좋은 것을 바랄 수는 없을 겁니다.

•• 나폴레옹 전쟁 당시 포로들을 수용할 목적으로 지어진 다트무어 교도소를 말한다.

우리의 순례자, 사람들을 살피다

영국에서는 젖소나 어린아이로 살면 가장 좋을 것 같지만 이미 성인이 되었으니 이 나라 사람들을 살펴보았습니다. 영국 남자들이라고 해서 모두 체크무늬 옷을 입고 파이프 담배를 피우거나 수염을 기르는 건 아니더군요. 콧수염으로 치면 프라하의 보우체크•만큼 영국인 같은 사람은 없을 겁니다. 영국 남자들은 하나같이 레인코트나 우산을 구비하고 납작한 모자를 썼으며 손에는 늘 신문을 들고 있습니다. 영국 여자들은 레인코트나 테니스 라켓을 구비하고 있죠. 이곳의 자연은 유독 텁수룩하거나 웃자라거나 무성하거나 북슬북슬하거나 가시 많은

• 영국법과 미국법에 정통한 체코의 변호사 겸 정치인 바츨라프 보우체크 (1869~1940).

것을 좋아하고 각종 털도 좋아합니다. 영국의 말들은 다리가 온통 털로 뒤덮여 있고 영국 개들은 우스꽝스러운 털 뭉치 말고는 볼 게 없을 정도죠. 날마다 면도를 하는 건 영국 잔디밭과 영국 신사들뿐입니다.

영국 신사는 간단하게 정의하기가 어렵습니다. 적어도 클럽의 웨이터나 기차역의 매표원, 하다못해 경찰관이라도 사귀어봐야 합니다. 과묵함과 호의, 위엄, 스포츠, 신문, 예절 등이 절제된 형태로 융합된 모양새라고 할까요? 기차에서 맞은편에 앉은 신사가 두 시간 동안 눈길 한번 주지 않으면 무시당하는 기분이 들어 속이 부글부글 끓을 겁니다. 하지만 짐을 내리려 할 때 손이 닿지 않아서 낑낑대면 그 신사가 불쑥 일어나 가방을 내려주죠. 이곳 사람들은 언제든 기꺼이 서로를 돕지만 날씨 얘기 말고는 이렇다 할 대화거리가 없습니다. 그래서 영국인들이 그렇게 많은 놀이나 경기를 고안한 게 아닐까 싶네요. 놀이나 경기를 하는 동안에는 서로 말을 할 필요가 없으니까요. 워낙 과묵하다보니 공공장소에서도 정부나 기차, 세금 따위에 대해 욕을 퍼붓지 않습니다. 영국인은 대체로 재미없고 조용한 사람들입니다. 그래서인지 함께 둘러앉아 술을 마시며 대화를 나누는 술집 대신 선 채로 술을 마시며 아무 말도 하지 않는 바를 만들었습니다. 그나마 수다스러운 사람들은 로이드조지처럼 정계로 나가거나 작가가 됩니다. 그래서 영국의 책들은 400쪽을 가뿐히 넘어가죠.

어쩌면 영국인들이 단어의 절반은 삼키고 절반은 뭉개는 것도 이 과묵함 때문일지 모르겠네요. 그들과 소통하기란 여간 어렵지 않습니다. 저는 날마다 버스를 타고 래드브로크 그로브로 돌아가야 했는데, 차장이 오면 이렇게 말했습니다. "레드브르우크 그레르브." "……네?" "레드브후크 거브!" "네?" "헤브후브 헤브!" "아, 헤브후브 호브." 차장은 그제야 흡족해하며 표를 주었죠. 아마 저는 죽을 때까지 이 발음을 제대로 배우지 못할 겁니다.

그래도 가까워지면 아주 친절하고 상냥한 사람들입니다. 말을 많이 하지 않는 건 자기 얘기를 하지 않기 때문이죠. 그들은 어린애처럼 즐길 때에도 세상에서 가장 진지하고 딱딱한 표정을 짓고 있습니다. 예절이 몸에 배어 있지만 한편으로는 강아지처럼 충동적입니다. 더없이 완고하고 타협할 줄 모르며 보수적이고 충성스럽고 조금은 내성적이고 언제나 소통하기가 어렵습니다. 도무지 이성을 잃는 법이 없지만 그 이성이 워낙 단단하고 모든 면에서 훌륭합니다. 그들과 얘기를 나누다보면 어김없이 점심이나 저녁 식사에 초대받게 되죠. 그들은 성 쥘리앵• 만큼 호의적이지만 사람과 사람 사이의 거리는 뛰어넘지 못합니다. 가끔은 이 친절하고 호의적인 사람들 속에서 외로워질 겁니다. 하지만 만약 여러분이 어린아이라면 그들이 자신보다 더 신뢰할 수 있는 존재임을 깨닫고 마음이 놓일 것이고, 아울러 세상 어디서도 느껴보지 못한 존경심에 사로잡힐 겁니다. 경찰관은 여러분을 웃기려고 뺨을 잔뜩 부풀릴 테고 노신사는 공놀이를 함께해줄 것이며, 백발 할머니는 400쪽짜리 소설책을 내려놓고 여전히 젊은 푸르스름한 회색빛 눈으로 애정을 담아 바라볼 테니까요.

• 귀스타브 플로베르(1821~1880)의 단편집 《세 가지 이야기》에 실린 단편 〈구호 수도사 성 쥘리앵의 전설〉의 주인공.

그래도 몇 사람은

그래도 몇 사람은 직접 소개하고 묘사해야 할 것 같네요.

이 사람은 스코터스 바이어터라는 필명을 쓰는 시턴-왓슨• 선생입니다. 천사장 가브리엘처럼 우리를 위해 싸웠으니 여러분도 잘 알 겁니다. 스카이섬에 집이 한 채 있고 세르비아의 역사에 관해 글을 쓰고 있으며 저녁이면 토탄 난로 옆에서 자동 피아노를 연주합니다.

• 제1차 세계대전 무렵 오스트리아·헝가리 제국의 와해를 조장하고 체코슬로바키아와 유고슬라비아의 출현에 중요한 역할을 한 영국의 정치 활동가이자 역사가 로버트 시턴-왓슨(1879~1951).

그에겐 키가 크고 아름다운 아내와 물에서 살다시피 하는 두 아들과 눈이 푸른 아기, 바다와 섬들이 보이는 창문, 어린애 같은 입, 체코슬로바키아의 선조들과 그림들로 가득한 방들이 있습니다. 섬세하고 우유부단한 사람이고, 엄격하고 공정한 스코틀랜드 순례자의 이미지에 걸맞지 않게 섬약해 보입니다.

이 사람은 연극인인 나이절 플레이페어• 선생입니다. 제 희곡들을 영국에 소개했을 뿐 아니라 더 훌륭한 일도 하고 있죠. 신중한 사람이고 예술가이며 기업가이고 영

• 차페크의 희곡 두 편을 런던 리젠트 극장과 세인트 마틴 극장 무대에 올린 영국의 배우 겸 연출가 나이절 로스 플레이페어(1874~1934).

국의 몇 안 되는 진정한 현대 연출가로 꼽을 수 있습니다.

왼쪽 사람은 극작가 존 골즈워디• 선생이고 아래 있는 그림은 소설가 존 골즈워디 선생입니다. 이 두 측면을 모두 알아야 하거든요. 아주 조용하고 섬세하며 완벽한 사람이고, 뼈와 힘줄이 튀어나온 여윈 얼굴은 신부나 판사처럼 보이기도 합니다. 예리하고 자제력이 뛰어나며 생각이 많고 내성적이고 무척 진중합니다. 친절과 배려의 주름이 보이는 눈가에만 웃음기가 드러나 있죠. 그의 아내는 그와 무척 닮았고 그의 저서들은 감성적이고 우수에 찬 관찰자의 지혜가 담긴 완벽한 작품입니다.

• 영국의 극작가 겸 소설가 존 골즈워디(1867~1933).

이 사람은 G. K. 체스터턴• 선생입니다. 날고 있는 모습을 그린 이유는, 첫째, 아주 잠깐 만나서 그에 대한 인상이 날아가듯 지나갔기 때문이고, 둘째, 그가 천상의 패기를 지녔기 때문입니다. 안타깝게도 우리가 만났을 때는 다소 공식적인 자리라 의기소침한 모습으로 간신히 미소를 지었지만 그의 미소는 다른 사람의 미소보다 세 배쯤 강력한 효과를 냅니다. 그의 저서들, 그의 낭만적인 민주주의와 다정한 낙관주의에 대해 쓸 수 있다면 저의 모든 편지를 통틀어 가장 유쾌한 편지가 탄생하겠지만

• 추리 문학으로 널리 이름을 알린 영국의 작가이자 철학자, 예술비평가 G. K. 체스터턴(1874~1936).

눈으로 직접 본 것만 쓰기로 했으니 빅토르 디크•를 연상시키는 널찍하고 풍만한 외모만 묘사해볼게요. 콧수염은 끝부분이 뾰족하게 올라가도록 다듬었고 수줍음이 많아 보이며, 지적인 눈에는 코안경을 썼습니다. 뚱뚱한 사람들이 자주 그러듯 두 손을 어떻게 해야 할지 몰라 하고 나풀거리는 넥타이를 매고 다닙니다. 어린아이 같기도 하고 거인 같기도 하며, 한편으로는 털이 곱슬곱슬한 양을 연상케 하고 한편으로는 황소를 연상시킵니다. 적갈색 머리카락이 커다란 머리를 뒤덮고 있는데 얼굴 표정은 수심에 잠긴 듯하면서도 엉뚱해 보인답니다. 저는 처음 본 순간부터 그의 앞에서 어쩐지 수줍어졌고 깊은 호감을 느끼기도 했습니다. 그 뒤로 다시 보지 못했지만요.

다음은 허버트 조지 웰스 선생인데, 첫 번째 그림은 사람들 앞에 나설 때의 모습이고 두 번째는 집에 있을 때의 모습입니다. 그는 머리가 크고 어깨가 넓고 강인하며 손은 단단하고 따뜻합니다. 농부 같기도 하고 노동자 같기도 하고 아버지 같기도 하며 세상 어떤 존재라 해도 어울릴 것 같습니다. 목소리는 가늘고 탁해서 대중 연설에는

• 체코의 시인, 극작가, 소설가, 독립운동가 빅토르 디크(1877~1931).

적합하지 않을 듯하지만 얼굴에는 사유와 연구의 흔적이 배어 있습니다. 그에게는 화목한 가정과 홍방울새처럼 쾌활하고 조그맣고 예쁜 아내, 키 크고 장난기 많은 두 아들이 있고, 그의 눈은 영국인 특유의 짙은 눈썹이 드리워져 반쯤 감은 듯 보입니다. 소박하고 합리적이며 건강하고 강인하고 지적일 뿐 아니라 중요하고 긍정적인 의미에서 지극히 보통 사람입니다. 대화를 하고 있으면 더없이 침착하고 평범한 태도 때문에 위대한 작가와 얘기하고 있다는 사실조차 잊어버리기 십상입니다. 부디 건강하세요, 웰스 선생님.

다음은 초인에 가까운 인사, 버나드 쇼 선생입니다. 그

는 항상 움직이거나 말을 하고 있어서 더 자세히 그릴 수가 없었답니다. 키가 무척 크고 호리호리하며 체격이 곧고, 반은 신이요, 반은 천년쯤 승화의 과정을 거치면서 자연스러운 것은 몽땅 잃어버린 사악한 사티로스• 같습니다. 머리와 수염은 하얗게 셌고, 피부는 발그레하며, 눈은 인간의 것이 아닌 듯 맑고, 코는 강인하며 호전적으로 보입니다. 돈키호테 같은 기사도 정신과 사도 같은 면모, 자신을 포함해 세상 모든 것을 조롱하는 재주도 지녔습니다. 그렇게 비범한 존재는 난생처음 보았네요. 솔직히 말하면 조금 두렵기도 했답니다. 어떤 혼령이 유명한 버나드 쇼의 행세를 하는 게 아닐까 싶었거든요. 그는 채식주의자인데 나름의 철학이 있는 것인지 아니면 그저 식성 탓인지 모르겠습니다. 사람들이 어떤 원칙을 고수하는 이유가 철학 때문인지 개인적인 만족을 위해서인지는

• 그리스 신화에 나오는 괴물. 얼굴은 사람을 닮았으나 뿔이 달렸고 염소의 하반신을 가졌다.

알 길이 없으니까요. 그에게는 분별 있는 아내와 조용한 스피넷,[•] 템스강이 보이는 창문이 있답니다. 그는 생기가 넘칠 뿐 아니라 자신과 스트린드베리,[••] 로댕, 그 밖에 유명 인사들에 관한 흥미로운 이야기를 많이 알고 있습니다. 그의 얘기를 듣고 있으면 즐거움과 함께 경외감이 절로 듭니다.

그 외에도 놀랍고 아름다운 사람을 많이 만났는데 다 그릴 수가 없었네요. 남자와 여자, 예쁜 여인들, 문인, 언론인, 학생, 인도인, 학자, 클럽 사람, 미국인 등 이 세상에 존재하는 온갖 부류의 사람들을 만났죠. 하지만 친구들이여, 이제 그만 헤어져야 합니다. 다시 만날 거라 믿겠습니다.

• 15~18세기에 많이 쓰인 작은 건반악기.

•• 스웨덴의 작가 요한 아우구스트 스트린드베리(1849~1912).

마지막으로 몇 가지 나쁜 점을 폭로할까 합니다. 예를 들면 영국의 일요일이 지독하다는 것이죠. 사람들은 시골로 떠나기 위해 일요일이 있는 거라고들 하지만, 사실은 아닙니다. 사람들이 시골로 떠나는 건 영국의 일요일이 끔찍하게 두려워서입니다. 모든 영국인은 토요일만 되면 어디론가 떠나고픈 우울한 충동에 사로잡힙니다. 마치 지진을 예감한 들짐승이 도망치고픈 우울한 충동에 사로잡히듯이 말예요. 도망칠 수 없는 이들은 하다못해 기도와 노래로 이 끔찍한 하루를 견디기 위해 예배당으로 향합니다. 일요일에는 아무도 요리하거나 돌아다니거나 구경하거나 사색하지 않습니다. 대체 영국이 어떤 말할 수 없는 잘못을 저질렀기에 하느님이 일요일마다 이런 벌을 내리는 건지 모르겠습니다.

영국 요리는 훌륭한 것과 보통의 것, 두 종류로 나뉩니다. 훌륭한 영국 요리는 한마디로 프랑스 요리입니다. 보통의 영국인을 위한 보통 호텔의 보통 요리를 맛보면 영국의 우울함과 과묵함을 어느 정도 이해하게 되죠. 압축한 소고기•에 맛없는 머스터드를 발라 씹어 먹으면서 어느 누가 환하게 웃고 떠들 수 있겠어요? 이에 붙은 타피오카 푸딩을 떼어내면서 어느 누가 큰 소리로 기뻐할 수 있을까요? 분홍빛 덱스트린에 담근 연어를 먹다보면 누구든 지독하게 진지해지지 않을 수 없죠. 살아 있을 때는 물고기였다가 식용이라는 우울한 상태가 되면 '신발 밑창 튀김'으로 돌변하는 것을 아침과 점심, 저녁으로 먹고, 가죽을 우린 듯 시커먼 홍차로 하루 세 번 위를 그슬리고, 칙칙한 데다 미지근하기까지 한 맥주를 마시고, 특색 없는 만능 소스와 절인 채소, 커스터드와 양고기를 먹으며 살아왔다면 보통의 영국인에게 주어진 육체적 쾌락은 다 누린 셈이니 이제는 과묵함과 진지함, 엄격한 도덕성을 포용하기 시작합니다. 반면 토스트와 치즈 구이, 베

• 냉장고가 보급되기 전의 영국에서는 소고기를 양념해서 익힌 뒤 압축해서 수분을 제거하고 보관했다.

이컨 구이는 확실히 즐거운 옛 잉글랜드의 유산입니다. 그 옛날 셰익스피어는 타닌 같은 차를 목구멍으로 흘려 넣지 않았고 디킨스 역시 통조림 소고기로 인생의 대부분을 버티지 않았을 거라고 확신합니다. 존 녹스•는 어땠을지 모르겠네요.

영국 요리에서는 말하자면 가벼움과 화려함, 삶의 기쁨, 흥겨움, 또는 죄책감이 드는 쾌락주의를 찾아볼 수 없습니다. 영국인의 삶에도 이런 것들이 결여돼 있는 듯합니다. 영국의 거리에서는 향락을 느낄 수 없죠. 흥겨운 소란이나 다양한 냄새, 각종 볼거리가 보통의 평범한 삶에 섞여 들지 않습니다. 아름다운 우연이나 웃음, 뜻밖의 사건이 될 만한 계기가 보통의 나날을 장식하지도 않고요. 거리나 사람들, 떠들썩한 목소리에 어우러질 수도 없습니다. 대놓고 다정하게 윙크를 건네는 이도 없을 겁니다.

연인들은 공원에서 진지하게 사랑을 합니다. 말없이 엄숙하게 말이죠. 술을 즐기는 사람들은 바에서 혼자 마십니다. 보통의 영국인은 귀갓길에도 좌우를 보지 않고

• 스코틀랜드의 종교개혁가 겸 역사가 존 녹스(1513?~1572)로, 청교도 창시자 가운데 한 사람이다.

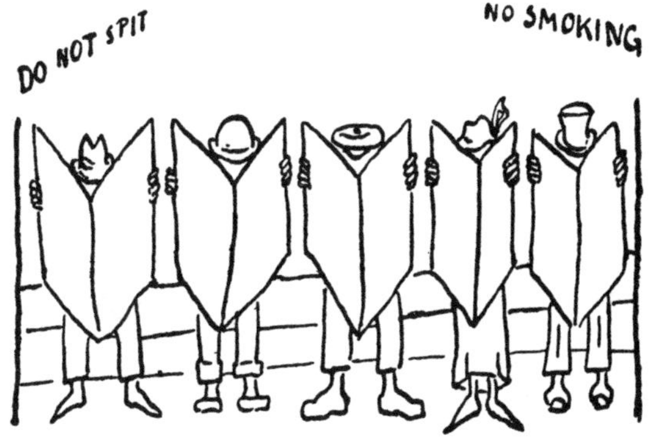

신문만 읽습니다. 그의 집에는 벽난로가 있고 작은 마당이 있고 아무도 침해할 수 없는 가족의 사생활이 있답니다. 그 외에 스포츠와 주말을 즐기기도 하죠. 보통 영국인의 삶에 관해 제가 알아낼 수 있는 것은 이 정도가 전부입니다.

대륙은 훨씬 더 시끄럽고 더 어수선하며, 더 지저분하고, 더 과격하고, 더 교활하고, 더 열정적이고, 더 쾌활합니다. 더 격정적으로 사랑하고 쾌락을 추구하며, 흥이 넘치고, 거칠고, 수다스럽고, 무모하고, 전반적으로 덜 완벽하죠. 제발 당장 저를 대륙으로 보내주세요.

배에 오르다

바닷가에 서 있으면 점점 멀어져가는 배에 오르고 싶어집니다. 배에 타고 있으면 저 멀리 보이는 해안에 상륙하고 싶어지죠. 영국에 있는 내내 저는 끊임없이 고국의 아름다운 것들을 생각했답니다. 아마 집에 돌아가면 다른 어느 곳보다도 고귀하고 좋은 영국만의 특징들이 떠오를 겁니다.

영국에서 저는 거대함과 막강함, 부유함, 번영, 비할 데 없는 발전상을 보았습니다. 하지만 우리나라가 아직 작고 미완성의 상태라는 사실이 결코 슬프지는 않았습니다. 작고 어수선하며 불완전한 것은 그 나름대로 용감한 사명이거든요. 바다에는 세 개의 굴뚝과 일등석, 욕실을 갖추고 반짝거리는 황동으로 장식한 크고 호화로운 대서양 여객선이 있는가 하면, 공해에서 연기를 내뿜으며 흔들거리는 작은 증기선도 있으니까요. 여러분, 이처럼 작고 불편한 고물 선박으로 살아가는 것은 큰 용기가 필요한 일입니다. 우리나라가 가난하다고 불평하지 마세요. 감사하게도 우리나 대영제국이나 같은 우주에 존재하고 있잖아요. 작은 증기선은 대영제국처럼 커다란 배만큼 많은 짐을 실을 수 없죠. 하하, 하지만 작은 증기선도 큰 배와 똑같이 멀리까지, 혹은 그와는 다른 곳까지 항해할 수 있습니다. 중요한 건 거기에 누가 타고 있느냐입니다.

이곳에서 경험한 모든 것이 아직도 머릿속에서 요란하게 윙윙거립니다. 거대한 공장에 들어갔다 나와도 바깥의 적막함에 귀가 먹먹해지기까지는 시간이 걸리는 법이니까요. 제 경우에는 좀 더 걸릴 겁니다. 영국의 교회 종소리들이 여전히 귓가에 맴도는 것 같거든요.

하지만 벌써부터 체코어가 들려오는 듯합니다. 우리는 작은 나라이니 누구를 만나든 아는 사람처럼 느껴지겠죠. 아마도 퉁퉁하고 시끄러우며 버지니아 시가를 물

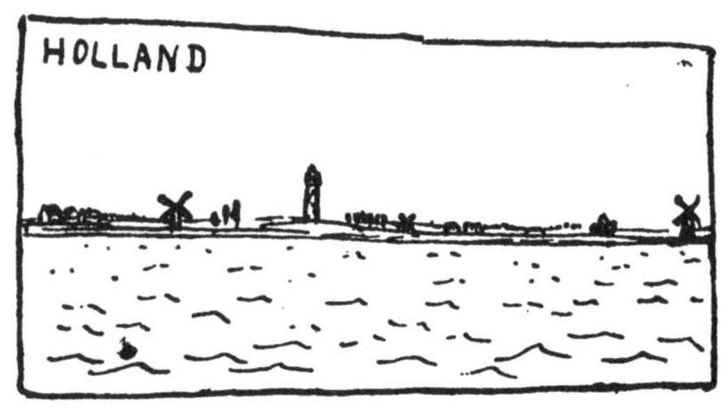

고 있는 사람, 불퉁하고 짜증스러운 얼굴로 투덜거리며 속내를 모조리 드러내는 사람을 가장 먼저 만나게 될 겁니다. 아, 그래도 아는 사람처럼 친숙할 테니 얼마나 감사한 일인가요.

어느새 수평선 너머로 낮고 좁은 땅이 보입니다. 풍차들과 거리들, 흑백의 젖소들이 있는 네덜란드입니다. 평평하고 예쁜 나라, 다정하고 편안한 나라죠.

영국의 하얀 해안은 어느새 보이지 않네요. 아쉽게도 작별 인사를 깜빡했습니다. 그래도 고국에 가면 저는 그곳에서 본 것들을 곱씹어보고 관련 주제가 화제로 떠오를 때, 그러니까 자녀 양육이나 대중교통, 문학, 사람에 대한 존중, 말, 안락의자, 인간의 본성 또는 인간의 적절한 행동 양식에 관한 대화가 나올 때면 전문가처럼 얘기할 겁니다. "그러니까 영국에서는 말입니다……."

하지만 아무도 제 말을 듣지 않겠죠.

영국인들에게•

• 차페크가 《데일리 헤럴드》(1912년부터 1964년까지 런던에서 발행된 일간지)에 기고한 글.

유년 시절, 제가 아는 영국인의 유형은 두 가지였습니다. 하나는 존 불• 유형입니다. 승마 부츠와 반바지 차림을 한 통통하고 혈색 좋은 사내로, 대개는 불도그 한 마리를 데리고 다니죠. 하나는 이른바 스미스 씨 유형입니다. 키가 크고 호리호리한 체격에 체크무늬 옷을 입고 붉은 수염을 길렀으며 틈만 나면 탁자 위에 발을 올리는 사람입니다. 둘 다 주로 촌극이나 희극에 자주 나오는 유형이죠.

정작 영국에 갔을 때 저는 대다수 영국인이 체크무늬 옷을 입지도 수염을 기르지도 않았으며, 탁자에 발을 올리지도 않고, (버나드 쇼를 제외하고는) 눈에 띄게 키가 큰

• 정치 풍자만화 등에 자주 등장하는, 영국을 의인화한 인물.

사람도 (G. K. 체스터턴을 제외하고는) 눈에 띄게 통통한 사람도 없다는 것을 깨닫고 실망했답니다. 유년의 환상은 이렇게 깨지는 법이죠. 한편 저는 영국이 잔디와 담쟁이 덩굴부터 대학과 의회에 이르기까지 거의 모든 면에서 유럽 대륙과는 다르다는 것을 깨달았습니다. 그러나 노팅 힐과 세비야•가 어떻게 다른지는 상세히 설명할 수 있지만, 영국이라는 별의 주민과 유럽이라는 별의 주민이 예외 없이, 보편적으로 어떻게 다른지 설명하라고 하면 몹시 당황할 것 같습니다. 생활양식과 규범의 차원에서 보통의 영국인과, 이를테면 마케도니아 목동의 삶은 분명 크게 다를 겁니다. 하지만 그렇게 따지면 상원에 속한 영국인과 아일 오브 도그스에 사는 영국인의 삶도 이와 비슷하게 큰 차이를 보이겠죠. 이 두 부류의 영국인이 동일한 국민적 특성이나 결함을 갖고 있는지는 모르겠습니다. 제가 아테네 신전에서 본 영국인의 장점이나 이탈리아를 여행할 때 영국인 관광객들에게서 엿본 단점에 관해서는 논문도 쓸 수 있지만, 아테네 신전이든 시칠리아나 리비에라를 포함한 이탈리아의 다른 지역이든 영국

• 스페인 안달루시아 지방의 최대 도시.

전체를 보여주는 것은 아니니까요.

저는 과분하게도 영국인들의 면전에 대고 직접 영국인과 영국이라는 나라에 대해 무엇이든 솔직하게 비판해달라는 부탁을 받았습니다. 물론 몇 가지 우울한 경험이 기억에 남아 있긴 합니다. 예를 들면 영국의 일요일과 영국 요리, 영국인들의 발음, 그 밖에 영국만의 몇 가지 관습이 그렇습니다. 하지만 한편으로는 이런 생각이 들더군요. 영국인들이 스스로 그런 부분을 불편해하지 않는다면 우리 외국인들이 그에 관해 왈가왈부할 필요가 있을까? 제가 타피오카 푸딩을 먹는 영국의 지독한 관습에 대해 해명하거나 영국의 귀족을 숭배할 필요가 있을까요? 저는 피지섬의 풍습이든 대영제국이라는 섬의 풍습이든 민족 고유의 풍습이라면 무조건 지지하는 입장입니다. 스코틀랜드에서 은행 근무자들이 킬트를 입고 무릎을 드러낸 채 백파이프를 불며 일한다거나, 사보이 호텔에서 영국인들이 폭스트롯• 대신 칼춤을 춘다고 해도 즐거울 것 같습니다. 민족의 특성이나 국민적인 특성은 긍정적인 의미로 세상을 더 풍부하게 해준다고 생각합니

• 사교댄스의 일종.

다. 영국은 특히 수많은 풍습을 유지하고 있다는 점에서 높이 평가할 만하죠. 여기에는 가령 국가적인 자부심뿐 아니라 남다른 유머 감각도 포함된다고 생각합니다. 전반적으로 영국제도의 주민들은 외국인들이 보기에 스스로 생각하는 것보다 훨씬 더 독특합니다. 영국처럼 호감을 불러일으키는 나라는 드물 겁니다. 한 가지 조건이 있다면 영국에 직접 가서 봐야 한다는 겁니다. 그러면 영국인들의 풍습과 절제된 배려, 예절과 간소함, 다른 수십 가지 영국적인 삶의 특성에 반하고 말 테니까요. 오직 섬나라만이 이토록 다양한 특징과 지속적인 속성을 발전시킬 수 있습니다. 영국의 가장 큰 장점은 섬나라라는 사실입니다. 하지만 이는 영국의 가장 큰 결점이기도 합니다.

영국인들이 영국에만 고립돼 있다면 아무도 뭐라고 할 수 없겠죠. 설상가상으로 영국인들은 세상 어디에 가든 고립돼 있습니다. 저는 프랑스와 스페인, 이탈리아, 심지어 우리나라에서도 영국제도를 보았답니다. 선원과 여행자, 식민지 이주자들이 세운 그 나라는 결코 영국에서 벗어나지 못했고 적도에 가든 북극에 가든 늘 영국을 짊어지고 갑니다. 그들은 다른 나라와 그 나라 사람들의 삶에 가까이 가지 못합니다. 영어를 쓰는 웨이터와 영국식 골프장, 영국식 아침 식사, 가능한 한 많은 영국 사회의 요소가 있기만 하면 세상 어디서든 살아가죠. 다른 나라 한복판에 살면서도 고지식하리만치 그들만의 세계를 유지합니다. 그 나라의 그림과 건축물을 감상하고 그 나라의 가장 높은 산을 등반하면서도 그곳의 삶에 동화되지 않고, 그곳의 즐거움을 받아들이지도 않으며, 그곳 사람들처럼 현지 문화에 적응하지 못합니다. 이처럼 어디서든 섬나라의 주민으로 살아가는 이유는 개방을 꺼리는 확고한 관습과 모종의 소심함 때문이죠. 영국 내에서는 이 점을 외국인조차도 쉽게 이해할 수 있습니다. 하지만 외국에서는 이 전형적인 영국인의 특징이 자존심과 불신, 자기중심적인 침묵으로 오해받기 십상입니다.

사실 영국이 그렇다고 해도 그것은 순전히 영국인들의 문제입니다. 하지만 다른 국가들에 대한 외교정책에서도 비슷한 태도가 보인다면 더 이상 영국인들만의 문제라고 할 수는 없습니다. 지구상의 많은 국가가 영국의 정치에 대해 충직하고 고결하며 심지어 선의로 가득하다고 칭찬할지 몰라도 무언가가 결여돼 있다는 인상을 떨치기 어렵습니다. 그 '무언가'는 친밀함이라고 이름 붙일 수 있지 않을까요? 영국의 정치가 세계를 아우른다면 대영제국이 세계를 아우르기 때문이지 영국의 마음가짐이 그래서가 아닙니다. 영국의 정치가 추구하는 이상들은 영국의 도덕률에 토대한 것이지 보편적인 도덕률에 토대한 것이 아닙니다. 가끔 영국은 우리 타인들에게 진정한 영국 신사처럼 도움의 손길을 내밀지만 결코 이웃이 되려 하지 않습니다. 제가 본 영국인들은 아름다운 우정을 가치 있게 여기지만 오직 영국인들끼리만 친구가 되는 듯합니다. 외국인이라도 영국에 살고 있거나 영국 책을 읽는다면, 즉 물리적으로나 정신적으로 영국의 땅을 밟고 있다면 영국인들을 금세 사랑하게 됩니다. 하지만 다른 나라의 땅을 밟고 있는 한 영국인과 친구가 되기는 어렵습니다. 그 까닭은 바로 영국인들이 다른 땅을 밟으려 하지 않아서일 겁니다. 그것이 여러분의 잘못인지는 스스로 판단해야겠죠. 어쩌면 이는 (적어도 영국인의 관점에서 본다면) 여러분이 지닌 국가적 특권 때문인지도 모르겠습니다.

영국 라디오 방송용 연설문•

• 1924년 차페크가 케임브리지에서 만난 메리 캠핀의 권유로 썼으며, 1934년 2월 19일 저녁 7시 30분에 '국민성—외국의 관점'이라는 제목으로 방송되었다. R. A. 렌들이 낭독했고, 1934년 2월 28일《리스너》에 전문이 실렸다.

영국 청취자 여러분께

이 글을 제가 직접 낭독하지는 않겠지만, 그래도 조금 망설여집니다. 여기서 부정적인 얘기를 하는 것이 과연 적절할까 고민이 되네요. 여러분은 변론할 수도 없고 제가 틀린 말을 해도 끼어들거나 항변할 수 없을 테니까요. 물론 라디오를 꺼버리거나 망치를 찾아서 부숴버릴 수는 있겠죠. 하지만 결국 대영제국 섬사람들에 관한 잘못된 인상이 전파를 타고 (또는 다른 어떤 방식으로든) 날아갈 겁니다. 또한 저는 외국인이고 영국에 한 번밖에 못 가봤으니 부디 제가 영국에 대해 남들보다 잘 아는 전문가라고 생각하지 말아주세요. 저는 그저 외국인으로서 영국의 몇 가지 놀라운 점을 목격했고 그에 관해 얘기하려는 것입니다. 물론 여러분은 당연하게 여기는 것들이겠죠.

영국에 한 번밖에 못 가봤다고 했지만 꼭 그렇다고 할

수는 없습니다. 영국 문학을 읽는 사람이라면 누구나 가장 진실하고 가장 영국다운 영국에 발을 들여놓게 마련이니까요. 제가 생각하기에 영국 문학은 영국 성공회나 영국 정치보다 훨씬 더 영국적입니다. 여러분의 책은 영국 시골이나 영국 가정만큼이나 영국을 온전히 보여주죠. 영국 문학에 대해 더 이상 칭송할 수는 없을 것 같네요.

대영제국 사람들은 오랫동안 독특한 착각 속에서 살아왔고 앞으로도 그럴 것 같습니다. 영국인들은 니제르강이나 아마존강 유역이, 이를테면 캠강 일대보다도 더 낭만적이거나 더 고풍스럽다고 생각하며 세계 각지를 여행합니다. 제가 런던에서 소개받은 한 신사는 제게 "안녕하십니까?" 하고 인사하고는 상냥하게 묻더군요. "혹시 중국에는 가보셨습니까?" 그분에게는 굳이 설명하지 않았지만 당시 저는 중국에 관심이 전혀 없었습니다. 저는 영국을 새로이 발견하고 있었고 영국이 중국만큼이나 이국적이라고 생각했으니까요. 그분이 이 연설을 들을 수도 있으니 그분께 말씀드리고 싶네요. 저는 지금까지도 중국에 가보지 못했지만 다른 흥미로운 나라를 여러 군데 가보았고, 그중 가장 신기하고 놀라운 곳은 당시 제가 돌아보고 있던 이른바 '앵글로색슨 및 칼레도니아 대공원'

이었다고 말입니다. 독특한 시골 지역과 풍습을 영국만큼 잘 보존하고 있는 나라는 세상 어디에도 없습니다. 저는 세비야와 지르젠티,• 페루자•• 같은 곳에서 영국인 여행자들을 만났습니다. 영국인들은 어디를 가든 마치 베두인족이 기도 방석을 갖고 다니듯 영국적인 습관과 사고방식을 갖고 다니더군요. 사실 영국인들은 결코 영국을 벗어나지 못합니다. 대영제국도 바로 그렇게 탄생하지 않았을까 싶네요. 영국인 몇 명이 이름 모를 해안에 상륙해서 그곳에 골프장과 영국의 일요일, 무역, 뜨거운 물, 벽돌 난로가 있는 집을 만들어 대영제국을 이룬 게 아닐까요? 영국인들이 들르는 곳이면 어디든 영국 섬 하나가 생겨납니다. 영국인 여행자들은 영국 섬을 돌아다니는 셈이죠. 때로는 이것이 영국의 정치를 설명해주기도 하지만 키플링 선생의 말처럼 그건 또 다른 이야기입니다.

이 외국인이 여러분의 나라에서 유난히 영국적이라고 느낀 것, 즉 조금 과하다 싶을 만큼 독특하다고 느낀 것

• 이탈리아 시칠리아섬 서남부의 도시 '아그리젠토'의 옛 이름.

•• 이탈리아 움브리아주의 주도.

몇 가지를 꼽자면 무엇보다도 여러분이 걸어 다니는 땅을 들겠습니다. 도버의 백악과 데번주의 붉은 사암, 인버네스의 분홍빛 화강암, 호수 지방의 녹색 돌, 북웨일스의 푸른 점판암, 그리고 오래된 시골 지역의 오래된 가옥들을 이루고 있는 검은색과 갈색, 적갈색, 붉은색, 납색 벽돌이 기억에 남아 있답니다. 누가 저에게 영국은 동양만큼 색이 다채롭지 않다고 한다면 저는 영국의 땅을 보라고 조언하겠습니다. 그토록 색감이 풍부한 땅에서 탄생한 나라라면 상상력의 부족으로 퇴보할 일은 없을 겁니다.

이 순례자가 영국에서 두 번째로 깊은 인상을 받은 것은 잔디입니다. 영국의 잔디는 세상 어느 곳의 잔디보다도 푸르고 촘촘할 뿐 아니라 그 위를 걸을 수도 있습니다. 영국이 자유의 땅이 된 것은 잔디를 밟고 다닐 수 있어서가 아닐까요? 어쩌면 영국의 역사에서 혁명이 거의 일어나지 않은 것도 그 때문인지 모릅니다. 그저 초원을 자유롭게 걸어 다니는 것만으로도 자유를 향한 갈망을 해소할 수 있을 테니까요. 또한 저는 영국이 바다를 지배하게 된 것도 누구든 자유롭게 밟고 나아갈 수 있는 드넓은 잔디밭처럼 여겼기 때문이 아닐까 생각합니다. 어쨌든 대륙인에게 영국의 잔디밭은 굉장한 경험이 아닐 수 없습니다.

세 번째로 인상적인 것은 영국의 나무입니다. 유난히 오래되고 커다란 영국의 나무들을 보면서 순례자는 오래된 것들이 실제로 생명력을 지니고 살아남을 수 있다는 사실을 깨닫게 되죠. 오래된 나무는 어디에나 있지만 영국에서는 거의 모든 나무가 오래됐습니다. 한 식물학자는 영국의 기후 때문에 오래된 나무가 유난히 많은 것이라고 설명했지만 저는 전통과 상원 제도, 옥스퍼드 대학처럼 오래되고 고색창연한 것들을 좋아하는 성향과 더 관련이 있다고 생각합니다. 영국의 나무들은 처음부터 성당만큼이나 위엄 있고 유서 깊으며 풍성한 나무가 되려고 작정하고 자라는 것 같거든요. 제가 보기에 영국은 사람들조차도 아름답고 위엄 있게 늙어가는 비결을 알고 있는 나라인 듯합니다. 대륙인은 사람이나 사물에 대해 특별한 애정을 표하고 싶으면 지소사(指小辭)를 사용해 소중한 것에 '작은'이라는 수식어를 붙이지만 영국인은 '디어 올드'를 붙입니다. 영국에는 쓸모와 상관없이 그저 오래됐다는 이유로 존경의 대상이 되는 것이 많습니다. 영국 사람들은 보다 진보적인 사람들에 비해 더 깊고 더 광활한 시간 속에서 살아가는 듯합니다. 영국인들의 현재 시제에는 현시대와 지난 시대가 모두 들어 있습니다. 가발을 쓴 영국 변호사들을 (에든버러에서) 처음 보았을 때 저는 영국이 전통을 지키는 비결 가운데 하나를 깨달았습니다. 바로 유머 감각입니다. 역사와 무관한 평범한 대머리를 드러내고 다니는 것보다 18세기의 가발을 쓰고 다니는 게 훨씬 더 훌륭한 유머잖아요. 여러분이 오랜 전통을 유지할 수 있는 것은 유머를 망치지 않으려는 선한 의도를 간직하고 있기 때문이 아닐까 합니다.

영국의 독특한 점은 끝없이 얘기할 수 있습니다. 지질학적 특징과 초목에서부터 점점 더 진화된 피조물의 순서로, 즉 젖소와 양에서 말과 개로, 영국 유명 인사의 동상들로, 마지막에는 아이들과 클럽, 대학, 신사, 집사, 영국 경찰로 논의를 발전시킬 수 있겠죠. 감히 말하면 그 어떤 독특한 민족의 삶도 평범한 영국인의 삶보다 놀라운 점이 더 많지는 않을 겁니다. 보르네오섬 중부의 전투 무용도 영국의 스포츠만큼 흥미롭지 않습니다. 인도의 힌두교 고행자들도 하이드 파크 앞의 연설자들보다 경이롭지 않고요. 아브라함의 가정도 영국의 주말보다 더 가부장적이지는 않았을 겁니다. 아프리카 원주민들의 은밀한 모임도 영국의 클럽처럼 많은 의식을 치르지는 않을 테고요. 게다가 저는 공공연히 드러난 현상들만 보았을 뿐입니다. 아직 학식이 높은 교수들이 분석하고 조사하지 않은 사적인 성격의 풍습도 대단히 많을 거라 추정할 수 있겠죠.

섬나라 특유의 속성, 즉 단절을 얘기하기 위해 영국 섬 사람들의 독특한 특징에 관한 논의를 좀 더 이어가야 할 것 같네요. 여행자들 가운데는 영국을 유럽의 일부로 보는 사람도 있고 섬으로 여기는 사람도 있습니다. 제가 보기에 영국은 하나의 세계입니다. 아마도 그저 현실적인 한계 때문에(아인슈타인과 에딩턴•의 가르침대로 우주는 무한하기 때문에) 영국은 별개의 행성으로 창조되지 않았지만 설사 그랬다고 해도 딱히 불편하지 않았을 겁니다. 그랬다면 영국은 미지의 바다에 떠 있는 미지의 땅이었을 테고, 기껏해야 난파된 배의 선원만이 폭풍에 떠밀려 우연히 상륙할 수 있었겠죠. 그 선원은 걸리버처럼 나중에 집으로 돌아와 대륙 사람들에게 이렇게 말했을 겁니다.

"아흐레 밤낮을 거친 파도에 휩쓸린 끝에 해안이 보였어요. 그런데 이 해안은 흰색과 붉은색이었고 담벼락이

• 영국의 천문학자 겸 이론물리학자인 아서 스탠리 에딩턴(1882~1944).

나 성벽처럼 30미터쯤 솟아 있었죠. 그 암벽을 올라가자 거대한 공원이 나오지 뭡니까. 밭이나 숲, 포도 농장도 없을 뿐 아니라 우리나라처럼 옥수수나 순무를 재배하지도 않고 무슨 공원처럼 잔디밭과 나무만 잔뜩 있더군요. 그 공원 이름은 영국이고 그곳에는 우리 유럽인들과 비슷하게 생긴 사람들이 살고 있습니다. 그들이 사는 집에는 높은 굴뚝이 있을 뿐 우리나라처럼 외지인의 접근을 막는 울타리나 담장은 없습니다. 대신 석판을 세워놓고 거기에 강력한 마법의 글귀를 적어놓았죠."

"뭐라고 적어놓았습니까?"

듣고 있던 사람들이 묻자 모험을 끝내고 온 선원은 이렇게 대답합니다.

"'사유지'라고요. 그 나라에서는 이 말이 울타리나 담장을 대신할 만큼 강력한 마력을 발휘하거든요. 얼마 후 저는 기차를 타고 수도로 향했습니다. 객차에 한 남자가 함께 앉아 있었는데 저를 쳐다보지도, 저와 대화하려 들지도 않고 어디로 가는지, 왜 가는지 물어보지도 않더군요."

그러면 대륙 사람들은 이렇게 말하겠죠.

"그럴 리가요. 혹시 말을 못 하는 사람이었습니까?"

"아뇨, 그 나라 사람들은 말이 없고 서로 친해지는 것을 좋아하지 않습니다. 그런데 제가 내리려고 하니까 그 사람이 일어나더니 아무 말도 없이, 심지어 눈길 한번 주지 않은 채 제 짐을 내려주더라니까요."

"거참, 이상한 사람이네요."

사람들의 말에 선원이 다시 대답합니다.

"그렇죠. 그런데 자꾸 이렇게 끼어들면 얘기를 끝낼 수가 없습니다. 그 나라의 수도는 전 세계에서 가장 큰 도시입니다. 이 도시의 한가운데에는 '하이드 파크'라는 거대한 잔디밭이 있고 양들이 시골에서 풀을 뜯듯 그 잔디밭에서 풀을 뜯습니다. 그리고 원하는 사람은 누구나 그곳에 서서 자신의 믿음을 전파할 수 있죠. 아무도 막거나 비웃지 않습니다. 수백만 명이 살고 있지만 아무도 남의 일에 상관하지 않는다니까요. 술주정뱅이 두 명이 거리에서 싸우고 있는데 경찰관이 그들을 내려다보면서도 말리거나 쫓아내지 않더라고요. 그저 싸움이 공정한지 지켜볼 뿐입니다. 그 섬사람들의 언어를 조금 배우고 나자 그들은 '지금 비가 옵니다' 또는 '2 곱하기 2는 4입니다'라고 말하는 대신 '지금 비가 오는 것 같습니다' 또는 '제 생각에 2 곱하기 2는 4인 것 같군요'라고 말한다는 것을 깨달았죠. 상대가 다른 의견을 생각할 수 있도록 일부러 끊임없이 여지를 주는 것 같았습니다. 심지어 누구나 잔디밭을 자유롭게 뛰어다니기도 합니다."

여기까지 들으면 대륙 사람들은 더 이상 참지 못하고 이렇게 말할 겁니다.

"차페크 씨, 당신은 새빨간 거짓말쟁이군요!"

*

저는 거짓말쟁이가 아닙니다. 영국의 삶과 대륙의 삶이 어떻게 다른지, 풍습과 관습, 관행, 예절 면에서 우리나라와 영국이 어떻게 다른지는 천 가지도 넘게 열거할 수 있지만 그런 식으로는 영국의 가장 큰 특징을 제대로 다룰 수 없습니다. 영국은 결국 수많은 반의어로 설명할 수 있는 나라니까요. 영국은 제가 지금껏 가본 나라들 가운데 가장 아름다우면서도 가장 추한 나라입니다. 가장 놀랍고 현대적인 산업주의를 발전시켰지만 가장 유기적이고 목가적인 삶을 유지하고 있고요. 모든 나라를 통틀어 가장 민주적인 동시에 가장 오래되고 가장 구시대적인 귀족주의의 잔재를 숭상합니다. 청교도적이고 진지하면서도 어린아이처럼 명랑하고요. 가장 큰 관용을 지녔지만 수많은 편견을 갖고 있기도 하죠. 모든 나라를 통틀어 가장 국제적이지만, 그럼에도 지역과 지방의 정서와 관심사를 여간해선 잃지 않습니다. 이곳에 사는 사람들은 유달리 소심한 동시에 유달리 자신감이 넘칩니다. 개인의 자유도 최대한 누리지만 충성심 또한 막강합니다. 영국의 삶은 지극히 합리적인 '상식'과 《이상한 나라의 앨리스》에 비견할 만한 불합리성이 뒤얽혀 있습니다. 어쨌든 영국은 역설의 나라입니다. 바로 이런 이유로 영국은 여전히 신비의 땅입니다.

*

하지만 이제 중요한 문제를 짚어야겠습니다. 영국이라는 나라, 이 유서 깊고 역설적이며 배타적이고 고립된 영국스러운 영국, 한마디로 여러분의 대영제국이 영국의 전체는 아닙니다. 세계 어디든 의회가 있는 곳에서는 영국의 한 조각을 엿볼 수 있습니다. 영국은 의회주의를 탄생시켰으니까요. 민주주의 정치가 있는 곳이라면 어디든 영국의 정신적 영토 한 조각을 갖고 있는 셈이죠. 영국은 세계 최초로 민주주의의 이상을 정의한 나라니까요. 그리고 지구상에서 개인의 자유와 존엄, 관용, 개인 및 절대적 인권에 대한 존중 등의 이상이 적용되는 곳이라면 어디든 영국의 문화유산을 갖고 있는 셈입니다. 따라서 그런 곳에서 여러분은 그저 외국이 아니라 더 큰 영국, 가장 문명화된 사람들의 보금자리로서의 영국을 보게 될 겁니다. 그렇다면 민주주의를 수호하기 위한 모든 투쟁은 보다 큰 영국, 대영제국의 국경에 한정되지 않고 훨씬 더 넓은 지역을 포용하는 영적인 제국을 위한 투쟁이겠죠. 이러한 투쟁, 좀 더 평화적으로 표현하면 이러한 세계의 발전이 영국의 정신을 보여주는 특정한 원칙과 가치관, 이상의 운명을 결정할 겁니다. 이제는 그러한 정신이 보존되느냐 사라지느냐의 기로에 서 있습니다. 자유의 이상을 숭상하는 곳이라면 그곳이 어디든 영국의 해안선이 시작되는 곳이라고 할 수 있죠. 그렇다면 이 세상에는 수많은 도버가 있습니다. 다만 그런 곳은 정신적 기반을 토대로 영토를 표시한 지도에서 찾아야 합니다.

저의 이러한 견해가 제게 주어진 논의의 권한을 넘지 않기를 바랍니다. 외국인 순례자가 영국을 어떻게 바라보는지 지금까지 참고 들으셨다면 그 순례자에게 영국에 의해 형성된 더 넓은 지역, 영국이 없었다면 탄생하지 않았을 서양의 정신에 대해서도 숙고할 기회를 허락해주세요. 제가 영국을 좋아하는 것은 세계성 때문만이 아니라 개별성 때문이기도 합니다. 예전에 누군가가 제게 어떤 나라를 가장 좋아하냐고 물었을 때 저는 이렇게 대답했습니다. "제가 본 최고의 풍경은 이탈리아입니다. 최고의 삶은 프랑스에서 보았죠. 최고의 사람들은 잉글랜드에서 만났습니다. 하지만 제가 살 수 있는 곳은 우리나라뿐입니다." 그런데 여러분 가운데 지금 제가 이 글을 쓰고 있는 나라가 어디인지 아는 사람은 많지 않을 겁니다. 300년 전 여러분의 셰익스피어는 사랑스러운 페르디타가 체코 해안에서 난파당하는 이야기를 썼습니다.• 어떤 면에서는 실수였지만 한편으로는 시대를 잘못 만난 설정이었을 겁니다. 우리에겐 해안이 없지만 이제는 확실하게 말할 수 있으니까요. "우리에게도 도버가 있고 우리의 국경은 서쪽의 해안 절벽입니다."

• 셰익스피어는 《겨울 이야기》에서 내륙 지방인 체코에 해안이 있다는 설정을 포함해 여러 사실을 의도적으로 왜곡하고 비틀었다.

해설

생경하게 채색된 익숙한 풍경들

카렐 차페크가 영국을 방문한 것은 지금으로부터 정확히 100년 전인 1924년이다. 1921년 런던에서 창립한 국제 문학가 단체인 펜클럽의 끈질긴 초대와, 프라하의 극장에서 연출가 겸 상주 작가로 일하던 시절부터 알고 지낸 체코의 교육자 겸 언어학자 오타카르 보차들로의 오랜 권유가 마침내 결실을 맺은 것이었다. 5월 28일 포크스턴 항구에 도착한 차페크는 런던에서 유학 중이던 "체코 출신의 천사" 보차들로를 만나 두 달여 동안 영국의 곳곳을 여행하며 여러 문학계 인사를 만났다.

1918년에 종식된 제1차 세계대전을 계기로 영국은 서

서히 패권을 잃어가기 시작했지만 여전히 세계 인구의 4분의 1을 통치하는 거대한 식민 제국이었고, 체코슬로바키아는 오스트리아·헝가리 제국에서 독립해 자유민주주의 공화국으로서 불안한 첫걸음을 내디디고 있었다. '로봇'이라는 말을 세상에 소개한 것으로 유명한 대표작 《R. U. R.》로 이 신생국과 함께 떠오른 차페크는 이미 자국뿐 아니라 유럽 전역에서 작가로서의 입지를 다지기 시작했다. 문학계의 끈질긴 권유가 아니었더라도 미성숙한 조국이 나아갈 방향의 길잡이가 되어줄 유서 깊은 민주주의 국가를 탐방하는 일은 지식인으로서 자국민의 사회적, 지적, 문화적 필요에 깊은 책임 의식을 느끼고 있던 차페크에게 간과할 수 없는 의무였을 것이다.

바로 이런 이유로, 무해한 듯 보이는 이 여행기는 나치 독일과 공산주의 정권의 폭압에 시달렸다. 이 책은 1939년 나치 독일이 체코슬로바키아를 침공하면서 금서가 되었고 1946년에 다시 출간되었으나 얼마 후 공산 정권에 의해 다시 금지되었다. 사실 비극은 그 전에 이미 시작되었다. 영국을 포함한 강대국들은 유럽의 평화를 위한다는 명목으로 체코의 일부를 히틀러에게 넘기는 뮌헨 협정을 맺었고, 체코슬로바키아 독립의 아버지인 마사리크 초대 대통령을 도와 민주주의 국가 건립에 헌신한 차페크는 협정을 무마하려 애쓰다가 같은 해인 1938년 크리스마스에 인플루엔자 합병증으로 세상을 떠났다.

그러나 사실상 '길 위에서' 탄생한 이 편지들에는 비교적 아름다운 시절의 여행자와 여행지가 담겨 있다. 차페크는 20년 남짓 집필 활동을 하면서 칼럼에서부터 희곡과 소설, 수필, 동화, 시에 이르기까지 다양한 형태로 수많은 주제를 아울렀다. 그러나 '세상 어디에도 없는' 이 매력적인 영국 여행기만을 다루기에도 지면이 부족할 테니 그의 방대한 작품 세계를 탐험하는 일은 독자의 몫으로 남겨두겠다.

차페크는 영국에 도착해 여러 일정으로 바쁜 와중에도 며칠 후부터 바로 펜을 들었다. 이 편지들은 여행이 한창이던 6월 15일부터, 그가 오랫동안 편집자로 일한 체코의 일간지《리도베 노비니》에 연재되었고 같은 해 10월 단행본으로 출간되었다. 영국에서도 같은 해 8월《맨체스터 가디언》에 번역문이 연재되기 시작했고, 이듬해 3월에 단행본으로 출간되어 큰 인기를 끌었다. 잉글랜드뿐 아니라 스코틀랜드의 평단에서도 칭찬을 아끼지 않았다. 《펀치》는 "타키투스의 《게르마니아》• 이래 우리 민족에 관해 쓴 최고의 책"이라고 평했다.

차페크의 여정은 주로 문학계 인사나 유명 작가들의 초대가 중심이 되었다. 영국 펜클럽의 오찬에는 루마니아 여왕과 나란히 주빈으로 참석하기도 했다. 이 "다소 공식적인 자리"에서 잠깐 스치듯 만난 G. K. 체스터턴에 대한 묘사에서는 유난한 애정이 엿보이는데, 거기에는 그럴 만한 이유가 있다. 차페크는 런던에 도착한 뒤 며칠 동안 교외의 서비턴에 있는 보차들로의 집에 머물다가 제대로 발음하기도 어려운 래드브로크 그로브로 숙소를 옮겼다. 보차들로의 기록에 따르면 체스터턴의 소설 《노팅 힐의 나폴레옹》(1904)을 인상 깊게 읽고 노팅 힐 근처에서 머물고 싶었기 때문이다. 그의 바람과는 달리 체스터턴을 다시 보지도 집으로 초대받지도 못했지만 다행히 다른 많은 작가가 아쉬움을 달래주었다.

"아무 여행자"나 갈 수 없는 클럽 중 하나에 그를 초대한 사람은 극작가와 소설가의 두 얼굴을 지닌 존 골즈워

• 로마의 정치가 겸 학자였던 타키투스(56?~120?)가 게르만 민족의 특징과 생활상 등에 대해 쓴 책.

디였다. 이 문학 클럽에서 차페크는 곰돌이 푸를 탄생시킨 A. A. 밀른과 버나드 쇼를 만났고 런던에 머무는 기간 동안 그곳의 명예 회원 자격을 누렸다.

잉글랜드 시골에서 훌륭한 길퍼드 맥주와 베이컨과 함께 흥겨운 대화를 즐긴 곳은 몇 달 뒤 이 편지들이 연재되는《맨체스터 가디언》의 런던 특파원 제임스 본의 집이다. 밖에서는 뻐꾸기가 뻐꾹거리고 안에서는 "가장 합리적인 사람"이 글을 쓰던, 조화롭고 전형적인 잉글랜드 가정은 당시 예순 살에 가까웠던 SF의 거장 허버트 조지 웰스의 집이다. 웰스는 에식스의 이스턴 글리브에 살고 있었다.

"초인에 가까운 인사" 버나드 쇼는 템스강이 보이는 집으로 차페크와 보차들로를 초대했고 헤어질 때 작별의 선물로 '스피넷' 연주를 들려주었다. 그가 선정한 곡은 차페크의 도시 프라하를 사랑한 모차르트였다. 모차르트는 1786년 자신의 오페라 〈피가로의 결혼〉이 프라하 시민들에게 열광적인 호응을 얻었다는 소식을 듣고 이듬해 프라하 국립극장에서 공연을 했으며 이때 '프라하'라는 부제가 붙은 교향곡 38번을 초연하기도 했다. 유명한 오페라 〈돈 조반니〉를 쓰고 초연한 도시도 프라하다. 또한 버나드 쇼가 로댕의 이야기를 들려준 까닭은 20여 년 전

로댕이 파리에서 쇼의 흉상을 만들었기 때문일 것이다.

모차르트와 로댕, 버나드 쇼는 모두 낯익은 이름이지만 이 셋의 조합은 익숙하지 않다. 세 사람은 서로 다른 시대에 다른 분야에서 활동한 인물이다. 그러나 첫 번째 편지 〈첫인상〉에서 차페크는 예상치 못한 곳에서 아는 사람을 만났을 때 느끼는 놀라움을 여행의 묘미로 꼽았다. 또한 그는 책을 통해 그 나라의 가장 진실한 정수를 체험할 수 있다고 여겼다. 외국인의 눈에 비친 100여 년 전 영국의 풍경과 생활상은 그 자체로도 21세기 한국 독자에게 생경하고 흥미로운 경험을 선사하지만, 이 책의 가장 큰 매력은 어디로 향할지 모르는 사유의 도약이 아닐까 싶다.

두 달의 여정 동안 서른여 통에 달하는 편지를 썼고 그보다 더 많은 그림을 그렸으니 오늘날의 SNS 인플루언서들조차도 따라잡기 어려울 '업로드' 속도다. 어떤 편지는 칼럼 같고 어떤 편지는 동화 같으며 어떤 편지는 한 편의 시 같다. 희곡이나 소설에 비유적으로 또는 함축적으로 담긴 그의 관심사와 우려가 곳곳에서 고해처럼 드러나기도 한다. 차페크는 현장감 넘치는 묘사와 함께 끊임없이 예상치 못한 화두를 던지며 익숙한 풍경들을 생경하게 채색한다.

숨 막힐 듯 북적거리는 런던의 거리와 정체가 일상인 도로를 보면서 인간성의 말살을 눈물겹게 걱정하고, 우울한 일요일을 견디기 위해 정처 없이 걷다가 하이드 파크 앞에서 다양한 연설자와 추종자들을 만나 어느 때보다도 즐거운 하루를 보낸다. 자연사박물관에서는 조가비와 수정으로 자연의 위대함을 설파하고 신사들의 클럽에서는 사교적인 침묵과 오래된 안락의자에 경도된다.

이 '대놓고 다정하진' 않은 나라를 향한 차페크의 시선 역시 한없이 다정하지만은 않다. 대영제국 박람회에서는 제국주의의 잔재와 상업주의, 번쩍거리는 기계들이 삼켜버린 인간의 고된 노동과 유색인종에 대한 멸시를 개탄하는가 하면, 런던의 이스트엔드와 스코틀랜드의 깊은 산지에서는 헤아릴 수 없이 거대하거나 참담한 빈곤에 침울해진다. 옥스퍼드와 케임브리지에서는 귀족주의를 꼬집고, 오래된 성당들을 돌아보면서 종교개혁이 망쳐놓은 예배당의 모습에 한탄하기도 한다. 영국 음식에 관한 논의에 이르면 영국인들이 이 책을 그토록 사랑하고 칭송했다는 사실에 고개가 갸우뚱해질 정도다.

이런 쓴소리조차도 따뜻하게 만들 수 있는 차페크만의 무기는 바로 지독한 인류애다. 그는 이제 막 독립한 동포들에게 민족의식을 고취시키려 노력했지만 그의 관심은 결코 고국의 국경에 국한되지 않았다. 다양한 장르와 주제를 넘나드는 수많은 저작에서 그가 반복해서 경고하는 것은 인간이 자초한, 인간을 향한 위협이다. 산업화와 과학의 발전, 무분별한 자연 파괴, 결국 그의 조국을 무너뜨린 전쟁과 독재의 위험을 자국민뿐 아니라 인류 전체에 호소하는 것이 문학에서나 삶에서나 그가 끊임없이 의식한 책무였다. 인류 전체를 형제처럼 사랑하는 마음이 없었다면 불가능한 일이었을 것이다. 그는 똑같은 흠결을 가진 인류의 한 사람으로서 형제를 나무라고 자신을 비웃기도 한다.

뮌헨 회담이 열리기 사흘 전, 영국인들 사이에서 히틀러의 야망을 규탄하는 목소리가 높아지자 체임벌린 영국 총리는 라디오를 통해 "먼 나라에서 우리가 전혀 모르는 사람들이 벌이는 싸움" 때문에 참호를 파고 방독면을 쓸 필요는 없지 않느냐고 설파했다. 뮌헨 협정보다도 체임벌린의 이 발언이 차페크의 가슴에 더 아픈 비수가 되었을지도 모른다. 더 참담한 결과를 보지 못하고 겨우 석 달 뒤에 차페크가 세상을 떠난 것은 어쩌면 다행이라고 할 수 있지 않을까? 이듬해 프라하에 입성한 게슈타포는 그가 사망한 사실을 알지 못하고 집으로 쳐들어갔다. 카렐 차페크와 많은 작품을 함께 썼고 유명한 화가이기도 했던 형 요세프 차페크는 수용소로 끌려가 6년 동안 수감된 끝에 1945년 눈을 감았다.

영국의 철학자 로저 스크루턴은 이 책이 그 자체로도 훌륭한 기행문이지만 "중유럽 문화의 기록으로서 매우 중요하며 20세기 가장 영향력 있는 책" 가운데 하나라고 단언한다. 이 편지들에서 차페크가 강조한 영국의 긍정적인 가치들이 체코인들에게 '애국의 의무'라는 개념을 심어주었기 때문이다. 물론 이것은 영국인의 시각이다. 그러나 스크루턴이 꼽은 두 번째 이유는 누구도 부인할 수 없을 것 같다. 가벼우면서도 온화하며 어떠한 선동의 의도도 없는 이 책이 사회적으로나 개인적으로나 불안하고 힘든 시기를 겪는 이들에게 인간성을 잃지 않는 법을 일깨워준다는 것이다. 그렇다면 그 어느 때보다도 지금, 2024년을 살아가는 우리에게 꼭 필요한 책이 아닐까? 다만 체임벌린이 보여주었듯이 인간성을 잃지 않는 법을 반드시 배워야 하는 이들에게 과연 이 책이, 혹은 그 의미가 가닿을 수 있을는지…….

박아람

카렐 차페크 Karel Čapek

1890년 체코 북부의 작은 도시 말레 스바토뇨비체에서 태어났다. 체코 프라하와 독일 베를린에서 철학을 공부했고, 1915년 철학박사 학위를 받았다. 1916년 형 요세프 차페크와 함께 쓴 산문집《빛나는 심연》을 시작으로 소설, 에세이, 희곡, 동화 등 다양한 장르를 넘나들며 뛰어난 작품들을 발표했다. 동시에 체코의 일간지《나로드니 리스티》,《리도베 노비니》등에서 저널리스트로 일했다. 1920년 '로봇'이라는 말을 세상에 소개한 것으로 유명한 희곡《R. U. R.》을 펴냈고, 1933년부터 체코 문학의 최고봉이자 차페크 문학의 정수라 불리는 철학소설 3부작《호르두발》,《별똥별》(1934),《평범한 인생》(1934)을 연달아 출간했다. 일곱 차례 이상 노벨문학상 후보에 올랐지만, 당시 유럽을 장악했던 나치에 반대했다는 이유로 번번이 수상하지 못했다. 그러나 차페크는 명실공히 프란츠 카프카, 밀란 쿤데라와 함께 체코 문학을 대표하는 3대 작가로 손꼽힌다. 식물과 정원의 애호가로서《정원가의 열두 달》(1929), 개와 고양이의 반려인으로서《개와 고양이를 키웁니다》(1939) 같은 에세이를 쓰기도 했고, 영국, 스페인, 네덜란드, 북유럽, 이탈리아 등을 여행하며 인상적인 일러스트와 함께 여행기를 남기기도 했다. 그 밖의 주요 작품으로는 희곡《곤충 극장》(1921), 장편소설《도롱뇽과의 전쟁》(1936) 등이 있다. 1938년 나치 독일이 체코를 점령하기 몇 달 전, 지병인 폐렴이 악화되어 프라하에서 세상을 떠났다.

박아람

현재 전문 번역가로 활동 중이다. KBS 더빙 번역 작가로도 활동했고, 2018년 GKL문학번역상 최우수상을 수상했다. 옮긴 책으로는《달콤한 내세》,《내 아내에 대하여》,《마션》,《잃어버린 희망》,《프랑켄슈타인》,《어느 영국 여인의 일기, 1930》,《어느 영국 여인의 일기 두 번째, 런던에 가다》,《요크》,《신들의 양식은 어떻게 세상에 왔나》등이 있다.

휴세 에세이 005

대놓고 다정하진 않지만

1판 1쇄 발행일 2024년 9월 9일

지은이 카렐 차페크
옮긴이 박아람

발행인 김학원
발행처 (주)휴머니스트출판그룹
출판등록 제313-2007-000007호(2007년 1월 5일)
주소 (03991) 서울시 마포구 동교로23길 76(연남동)
전화 02-335-4422 **팩스** 02-334-3427
저자·독자 서비스 humanist@humanistbooks.com
홈페이지 www.humanistbooks.com
유튜브 youtube.com/user/humanistma **포스트** post.naver.com/hmcv
페이스북 facebook.com/hmcv2001 **인스타그램** @boooook.h

편집주간 황서현 **편집** 이성근 김대일 **디자인** 차민지
조판 아틀리에 **용지** 화인페이퍼 **인쇄·제본** 정민문화사

ISBN 979-11-7087-238-2 04890
979-11-6080-486-7 (세트)